全新修訂版

MIRACLE ENGLISH PHONICS MIRACLE

奇蹟英語
魔法發音

英語發音教學名師
宗霖（林水泳）著

《奇蹟英語‧魔法發音》好評推薦

一本與眾不同的英語魔法發音書

　　在一個巧合的場所，我遇上宗霖老師，他以獨特的教材、笑容可掬的教學態度，以及真誠耐心的課堂論述，使每位學員能融會貫通，受益良多。經數度的聽講，我也獲益匪淺。

　　這本魔法發音書，在宗霖老師的精心執筆下，成為易懂易學的工具書，由淺入深的內容，更是英語進階的跳板，「工欲善其事，必先利其器」，要學英語，必讀此書，在此慎重推薦《奇蹟英語‧魔法發音》，也獻上我的祝福，祝發行順利，造福更多學子。

推薦人　卓派信

遠東聯合會計師事務所會計師

國小階段就應該學習的英語發音寶典

　　感謝宗霖老師的靈活教法，讓我學英語感覺無壓力，無形中喜歡上英語，不僅輕鬆了解英語的基礎發音、拆音節的方法，更掌握子音、母音字母的發音規則，獲益良多！原來英語發音這麼簡單，若能在國小階段即接受宗霖老師的指導，或研讀老師的大作《奇蹟英語‧魔法發音》，想必對往後英語學習將更有幫助，無論是就學或就業都將更有競爭力。

推薦人　蔡進清

國小、國中、啟聰學校退休老師

規則簡單、不用死背的英語發音祕笈！適合各年齡層使用

　　英語是每個人都會在學校課堂中學習到的語言，但能夠學習得好的人，卻是少之又少，出了社會對英語更是陌生。直到因緣際會接觸到宗霖老師的「奇蹟英語‧魔法發音」課程，宗霖老師找出發音規則、拆音節技巧、重音與停頓規則，才讓我了解到英語其實可以用有技巧、有規則的方法來學習。宗霖老師的課程用心安排，適合各年齡層來學習，而老師更將課堂精華都集結在這本書中，希望各位在學習英語的路上，有這本書的幫助都能夠事半功倍。

推薦人　張姿蒨
研究所畢業，在職人員

一本專為台灣學習者量身打造的英語學習書

　　去年7月從職場退休，朋友幫我報名參加「奇蹟英語‧魔法發音」的英語課；第一次上完課後，就知道這是我想要的教學方式，再次上課後，更加確定這種教學方法、教材的編寫，加上宗霖老師的講解，一定會讓英語變得好學許多。

　　之前很多英語句子，我可能會說也聽得懂，卻不知所以然，一直到上課經老師講解後才恍然大悟。

　　語言是個溝通工具，當遇到學習者為非母語人士，且來自不同的文化背景時，如何讓學習者學會新語言，授課者本身必須有著同樣經歷，且願花時間深入了解、找出差異點之後才能有答案。而宗霖老師的經歷讓這本《奇蹟英語‧魔法發音》具備此條件，正是為台灣學習者量身打造。這本書深入淺出，再加上老師的講解，把我一團亂的英語理出頭緒，我真的覺得這是本很實用、很棒的一本英語學習書。

推薦人　Juliwu 吳如麗
經濟部退休職員

魔法發音帶領您邁向
「看字會唸，聽音能拼」的終極目標

首先與各位分享三則留美期間因發音不正確所造成的真實笑話。

①剛到美國費城唸書時，和幾位同學到麥當勞用餐，同學點了炸雞，再去要胡椒粉，卻無功而返，反倒拿了不少餐巾紙回來，原來這位老兄把「pepper /ˈpɛpɚ/ 胡椒粉」說成「paper /ˈpepɚ/ 紙」。

②留學生為了省錢，聽從學長建議到街上撿取鄰居不需要的家具，我的書桌就是撿回來再拼裝而成。有位同學撿回床墊，便出去買床單，結果差點被店員轟了出來，因為他將「sheet /ʃit/ 床單」說成「shit /ʃɪt/ 糞尿」。

③還有一次在自家後院辦了一場約50人的水餃派對，台灣與美國同學各半，席中有位同學跟美國同學說，他在台灣看電影常帶零嘴進場享用，沒想到美國同學竟然嚇得花容失色，原來同學把「snack /snæk/ 點心」說成「snake /snek/ 蛇」。

現在回憶起來是個稀鬆平常的笑話，當年卻是面紅耳赤，羞愧地無地自容。英語發音到底重不重要，由上述實例不言而喻。

本書主軸聚焦在自然發音（Phonics），也就是字母拼讀法的規則，但K.K.音標也沒有偏廢。因為認識K.K.音標也能查字典唸出單字的聲音，而懂得自然發音就能達到「看字會唸，聽音能拼」，所以兩者相輔相成。

K.K.音標分為母音及子音，母音又分為長母音與短母音，而子音則分有聲及無聲子音，母音和子音總計多達40幾個，要清楚記住所有K.K.音標頗費功夫，這正是K.K.音標的缺點。但K.K.音標一個符號對應一個發音，也正是它的優點。

相較之下，自然發音就簡單多了。只要記住每個英文字母的自然發音，再將字母拼讀起來就行，這就是自然發音的優點。然而自然發音雖簡單，但例外的情形卻不少，這也是最為人詬病的地方。

本來每個字母都有一個相對應的自然發音，通常子音字母就是如此，但母音字母（A、E、I、O、U、Y）卻各有多種不同的自然發音，相同的字母，卻有不同的讀音，實在令人頭痛。

請看以下範例：

字母	例字					
A	apply /ə/ 運用	army /ɑ/ 軍隊	dollar /ɚ/ 元	happy /æ/ 快樂的	package /ɪ/ 小包	parade /e/ 遊行
E	believe /i/ 相信	get /ɛ/ 得到	open /ə/ 打開	shower /ɚ/ 陣雨	steak /e/ 牛排	pocket /ɪ/ 口袋
I	air /ɛ/ 空氣	bird /ɜ/ 鳥	bite /aɪ/ 咬住	possible /ə/ 可能的	receive /i/ 收受	sing /ɪ/ 演唱
O	copy /ɑ/ 影印	corn /ɔ/ 玉米	labor /ɚ/ 勞動	smoke /o/ 煙	some /ʌ/ 一些	who /u/ 誰
U	bonus /ə/ 紅利	build /ɪ/ 建造	bus /ʌ/ 公車	cute /ju/ 可愛的	fur /ɜ/ 毛皮	rule /u/ 規矩
Y	fly /aɪ/ 飛	style /aɪ/ 風格	July /aɪ/ 七月	candy /ɪ/ 糖果	baby /ɪ/ 嬰兒	yes /j/ 是

在台灣論及自然發音的書多如牛毛，大多是以音標出發，再連結到有哪些字母會唸此音標來論述，往往是愈看愈迷糊。本書則

由母音字母Ａ、Ｅ、Ｉ、Ｏ、Ｕ及Ｙ出發，再連結到分別有哪幾種不同的自然發音來探討，既簡單又有系統地整理出一套易學好記的自然發音規則，所以相信在讀完本書之後，不僅能矯正發音，也能明白相同的母音字母在不同位置的正確讀音，更能提升英語的聽、說能力，真正達到「看字會唸，聽音能拼」的終極目標。

由於作者留學美國，工作場所及接觸對象也以美國人居多，故本書的發音規則及有聲教材的錄製，皆以美式發音為主。

衷心感謝救國團中國青年服務社及台北市政府社會局、民政局及社區大學提供教學平台，得以培育更多英才。更感謝瑞蘭國際張暖彗董事長、王愿琦社長、鄧元婷編輯及出版社全體同仁的鼎力相助，家人無怨無悔的陪伴，以及所有我曾經教過的學生們，由於各位的肯定和支持，本書才得以順利付梓。本書疏漏之處恐所難免，尚請各界先進不吝指正。

2019年02月
於台北市

如何使用本書

本書共分為四個單元，從基礎發音導入，以母音、子音分類，詳細解說自然發音的規則；再搭配學校老師在課堂上沒教的發音技巧，讓您一次掌握英語發音的精髓，説出一口最漂亮、最道地的美式英語！

STEP 01 認識英語基礎發音

第一單元從英語基礎發音開始介紹，不論是英語初學者，或是想重新建立正確發音的學習者，都能毫無遺漏地從頭開始學習！首先認識K.K.音標、26個英文字母的讀音與自然發音，接著再學習拆音節的方法與單字及句子的重音規則，為學習英語發音打下完備的基礎！

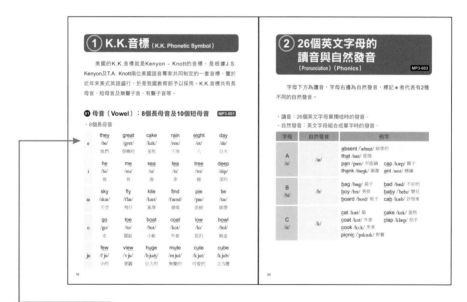

表格化整理

所有發音以表格的形式呈現，系統整理最清晰！

每個發音都有豐富單字供您參考、練習，更可增加詞彙量！

單字皆附有中文翻譯，不用查字典就能立刻認識新單字！

單字

中譯

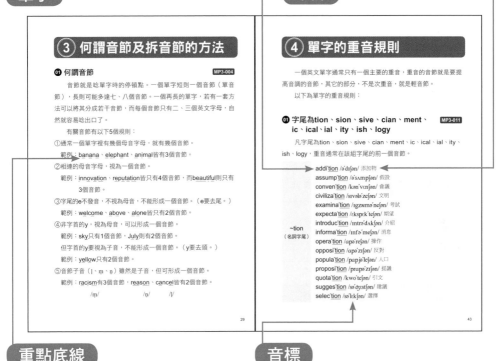

重點底線

單字內的重點字母皆以紅色底線標示，讓您在第一時間就能掌握重點！

音標

字母的發音一律以K.K.音標來標示，讓您除了跟著MP3唸，看書也能準確發音！在尚未學習自然發音的規則之前，單字也標有K.K.音標來輔助發音！

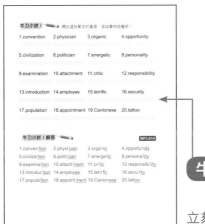

牛刀小試與解答

全書每單元內都有牛刀小試，讓您在學習後便能立刻練習並對答案，檢測自己是否已經理解學習內容，也可以重複加深學習印象！

母音字母與子音的自然發音規則

第二單元與第三單元內，分別介紹母音字母與子音的自然發音規則，並按個別的發音特徵設計學習方式。母音以字母為出發點，往字母的發音擴展；而子音不如母音字母有多種發音，所以依發音類別切割；以最有系統、最有效率的方式學習英語發音！

母音以字母為出發點，往字母的發音擴展；子音則依照發音類別切割；系統性的整理幫助您更有條理地理解並吸收發音規則！

母音字母的發音條件順序都有規律，幫助您抓住發音規則的主軸！而同時學習具對應性的子音，更能輔助記憶，學習效果加倍！

發音

條件

① 字母A

字母A有可能發出的音有短母音/æ/、/ə/、/ɑ/、/ɚ/、/ɔ/和長母音/e/，分述如下：

01 /æ/短母音　　　　　MP3-023
條件：a在單字的重音節（單音節的單字也屬於重音節）

am 是	ant 螞蟻	action 行動	absent 缺席的
album 專輯	apple 蘋果	ambulance 救護車	bat 球棒
bath 洗澡	black 黑色的	balcony 陽台	battery 電池
cap 無邊帽	cab 計程車	pan 平底鍋	match 火柴
have 有	marry 結婚	mass 大量	snack 點心

例外 /ɛ/

any 任一	many 許多	Mary 瑪麗

例外 wa：/ɑ/

want 要	wash 沖洗	watch 看

例外 /e/

April 四月	Asia 亞洲	angel 天使

02 /ə/短母音　　　　　MP3-024
條件：a在單字的輕音節

across 對面	adult 成年人	against 靠著	agree 同意
allow 允許	alarm 警報	alone 獨自的	America 美國
appreciate 感激	apartment 公寓	attend 參加	assistant 助理
balance 平衡	banana 香蕉	Canada 加拿大	China 中國
salad 沙拉	soda 蘇打	sofa 沙發	panda 熊貓

例外

補充發音的例外情形，讓您在熟悉基本規則後，還能學到更進階的知識！

單字

使用大量單字幫助學習，一邊鞏固正確發音，一邊還能學到實用的生活單字，增加詞彙量！

⑦ 母音字母的自然發音彙整

〈表一〉母音字母的前三項自然發音彙整

字母	位置	音標	範例字	位置	音標	範
a		/æ/	apple 蘋果 happy 快樂 thanks 多謝	/ə/	agree allow panda
e		/ɛ/	enter 進入 lesson 教訓 bet 打賭	/ə/	seven listen open
i	重音節		little 少許 dinner 晚餐 it 它	輕音節		capital possib family
o		/ɑ/	copy 影印 hobby 嗜好 hot 熱的	/ə/	melon onion today
u		/ʌ/	summer 夏天 adult 成年人 bus 巴士	/ə/	bonus lotus 蓮 focus
y		/aɪ/	ally 結盟 deny 否定 July 七月	/ɪ/	body baby 嬰 candy

④ 子音的發音彙整

〈表一〉字尾的s、es、se的發音

字尾	條件	音標	範例字
s尾	無聲子音＋s尾	/s/	ants 螞蟻 maps 地圖 shops 商店
	「母音、有聲子音」＋s尾	/z/	was 是 jeans 牛仔褲 kids 小孩子
es尾	字尾若為o、s、x、z、ch、sh，則名詞複數或主詞第三人稱單數時的動詞要加es	/ɪz/	potatoes 洋芋 buses 巴士 boxes 箱子 quizzes 實問 catches 趕上 washes 清洗

總彙整

　　介紹完母音字母與子音的發音規則後，分別都有發音規則的總彙整，除了複習所學之外，還能清楚看出發音規則的共同點，融會貫通！

STEP 03　課堂上沒教的發音技巧

　　學習完發音規則後，第四單元內還有學校老師在課堂上沒教的發音技巧，幫助您磨練英語發音，更趨成熟完美！與英語母語人士交談時必須的削音、轉音、連音技巧，在第四單元內都有詳細的規則解說與範例，再加上豐富的牛刀小試，只要跟著做，就能輕鬆掌握訣竅，駕馭進階的發音技巧！

目　次

第一單元：英語基礎發音介紹

第二單元：母音字母的自然發音規則

第三單元：子音的自然發音規則

第四單元：課堂上沒教的發音技巧

凡　例

中文	英文	縮寫
名詞	Nouns	n.
be動詞	Be Verbs	be v.
助動詞	Auxiliary Verbs	aux. v.
普通動詞	Common Verbs	c.v.
副詞	Adverbs	ad.
形容詞	Adjectives	a.
疑問詞	Interrogatives	inter.
代名詞	Pronouns	pron.
指示代名詞	Demonstrative Pronouns	d.p.
關係代名詞	Relative Pronouns	rel. pron.
冠詞	Articles	art.
介系詞	Prepositions	prep.
連接詞	Conjunctions	conj.
複數的	Plural	pl.
（源自）法語	(words from) French	F.

英語基礎發音介紹

1. **K.K.音標**
2. **26個英文字母的讀音與自然發音**
3. 何謂音節及拆音節的方法
4. 單字的重音規則
5. 句子的重音規則
6. 句子的停頓規則

① K.K.音標（K.K. Phonetic Symbol）

　　美國的K.K.音標就是Kenyon－Knott的音標，是根據J.S. Kenyon及T.A. Knott兩位美國語音專家共同制定的一套音標，鑒於近年來美式英語盛行，於是我國教育部予以採用。K.K.音標共有長母音、短母音及無聲子音、有聲子音等。

01 母音（Vowel）：8個長母音及10個短母音　　MP3-001

· 8個長母音

e	they /ðe/ 他們	great /gret/ 很棒的	cake /kek/ 蛋糕	rain /ren/ 下雨	eight /et/ 八	day /de/ 白天
i	he /hi/ 他	me /mi/ 我	sea /si/ 海	tea /ti/ 茶	tree /tri/ 樹	deep /dip/ 深的
aɪ	sky /skaɪ/ 天空	fly /flaɪ/ 飛行	kite /kaɪt/ 風箏	find /faɪnd/ 發現	pie /paɪ/ 派餅	tie /taɪ/ 綁帶
o	go /go/ 走	toe /to/ 腳趾	boat /bot/ 小船	coat /kot/ 外套	low /lo/ 低的	bowl /bol/ 碗盆
ju	few /fju/ 少的	view /vju/ 景觀	huge /hjudʒ/ 巨大的	mute /mjut/ 無聲的	cute /kjut/ 可愛的	cube /kjub/ 立方體

u	blue /blu/ 藍色	fruit /frut/ 水果	soup /sup/ 湯	cool /kul/ 涼爽的	fool /ful/ 呆子	pool /pul/ 水池
aʊ	cow /kaʊ/ 母牛	owl /aʊl/ 貓頭鷹	town /taʊn/ 小鎮	sour /saʊr/ 酸的	cloud /klaʊd/ 雲	mouse /maʊs/ 老鼠
ɔɪ	oil /ɔɪl/ 油	boil /bɔɪl/ 煮開	coin /kɔɪn/ 硬幣	boy /bɔɪ/ 男孩	toy /tɔɪ/ 玩具	joy /dʒɔɪ/ 喜悅

·10個短母音

æ	b**a**d /bæd/ 不好的	b**a**t /bæt/ 球棒	c**a**t /kæt/ 貓	c**a**b /kæb/ 計程車	c**a**p /kæp/ 無邊帽	p**a**n /pæn/ 淺平鍋
ε	b**e**d /bɛd/ 床	p**e**n /pɛn/ 筆	b**e**t /bɛt/ 打賭	b**ea**r /bɛr/ 熊	p**ea**r /pɛr/ 梨子	t**e**ll /tɛl/ 告知
ɪ	**i**t /ɪt/ 它	**i**s /ɪz/ 是	th**i**s /ðɪs/ 這個	l**i**ve /lɪv/ 居住	h**i**t /hɪt/ 打中	s**i**ck /sɪk/ 病的
ɑ	d**o**t /dat/ 點	p**o**t /pat/ 壺	s**o**cks /saks/ 短襪	c**o**llar /ˈkalɚ/ 衣領	c**o**py /ˈkapɪ/ 複印	l**o**bby /ˈlabɪ/ 大廳
ʌ	b**u**s /bʌs/ 公車	s**u**n /sʌn/ 太陽	d**u**ck /dʌk/ 鴨子	s**u**ck /sʌk/ 吸吮	l**u**ck /lʌk/ 幸運	n**u**t /nʌt/ 堅果
ə	**a**go /əˈgo/ 以前	op**e**n /ˈopən/ 打開	cap**i**tal /ˈkæpətl̩/ 首都	mel**o**n /ˈmɛlən/ 甜瓜	bon**u**s /ˈbonəs/ 紅利	foc**u**s /ˈfokəs/ 焦點
ɚ	doll**ar** /ˈdalɚ/ 元	wait**er** /ˈwetɚ/ 男侍者	ent**er** /ˈɛntɚ/ 進入	sup**er** /ˈsupɚ/ 超級的	act**or** /ˈæktɚ/ 男演員	doct**or** /ˈdaktɚ/ 醫生
ɝ	h**er** /hɝ/ 她	s**ir** /sɝ/ 先生	g**ir**l /gɝl/ 女孩	w**or**d /wɝd/ 文字	w**or**k /wɝk/ 工作	p**ur**se /pɝs/ 小錢包

ɔ	ball /bɔl/ 球	law /lɔ/ 法律	fall /fɔl/ 落下	walk /wɔk/ 步行	pause /pɔz/ 暫停	dog /dɔg/ 狗
ʊ	book /bʊk/ 書	cook /kʊk/ 烹煮	look /lʊk/ 看	poor /pʊr/ 窮的	pull /pʊl/ 拉	full /fʊl/ 滿的

・配對的9個無聲子音及9個有聲子音

MP3-002

配對的9個無聲子音					
pear /pɛr/ 梨子	pie /paɪ/ 派餅	pan /pæn/ 淺平鍋	cap /kæp/ 無邊帽	p	破裂音
bet /bɛt/ 打賭	tie /taɪ/ 綁帶	try /traɪ/ 嘗試	tip /tɪp/ 小費	t	
book /bʊk/ 書本	dark /dɑrk/ 暗的	cut /kʌt/ 切割	cat /kæt/ 貓	k	
face /fes/ 臉	fan /fæn/ 風扇	phone /fon/ 電話	few /fju/ 少的	f	摩擦音
snow /sno/ 下雪	sink /sɪŋk/ 下沉	rice /raɪs/ 米飯	cycle /ˈsaɪkl̩/ 周期	s	
think /θɪŋk/ 思考	cloth /klɔθ/ 布	birth /bɝθ/ 出生	both /boθ/ 兩者	θ	
action /ˈækʃən/ 動作	nation /ˈneʃən/ 國家	shine /ʃaɪn/ 發亮	fish /fɪʃ/ 魚	ʃ	
ham /hæm/ 火腿	hen /hɛn/ 母雞	hop /hap/ 跳躍	hip /hɪp/ 臀部	h	

		配對的9個有聲子音			
破裂音	b	box /bɑks/ 箱子	bear /bɛr/ 熊	big /bɪg/ 大的	cab /kæb/ 計程車
	d	dip /dɪp/ 沾	dog /dɔg/ 狗	duck /dʌk/ 鴨子	bed /bɛd/ 床
	g	gap /gæp/ 裂口	gate /get/ 大門	bag /bæg/ 袋子	tag /tæg/ 標籤
摩擦音	v	view /vju/ 景觀	van /væn/ 廂型車	very /ˈvɛrɪ/ 非常	leave /liv/ 離開
	z	rose /roz/ 玫瑰	cheese /tʃiz/ 起士	raise /rez/ 上舉	zoo /zu/ 動物園
	ð	that /ðæt/ 那個	they /ðe/ 他們	there /ðɛr/ 那裡	this /ðɪs/ 這個
	ʒ	pleasure /ˈplɛʒɚ/ 愉快	treasure /ˈtrɛʒɚ/ 珍寶	vision /ˈvɪʒən/ 視覺	decision /dɪˈsɪʒən/ 決定
	hw	what /hwɑt/ 什麼	when /hwɛn/ 何時	why /hwaɪ/ 為什麼	where /hwɛr/ 何處

配對的9個無聲子音					
future	nature	chin	rich		
/ˈfjutʃɚ/	/ˈnetʃɚ/	/tʃɪn/	/rɪtʃ/	tʃ	破擦音
將來	天然	下巴	富有的		

· 10個單獨沒配對的有聲子音

有聲子音共有19個，除了以上9個有與無聲子音配對外，尚有10個單獨沒配對的有聲子音。

半母音	w	wife /waɪf/ 妻子	wall /wɔl/ 牆壁	word /wɝd/ 文字	wood /wʊd/ 木頭
	j	yes /jɛs/ 是	yet /jɛt/ 依然	year /jɪr/ 年	yard /jɑrd/ 院子
鼻音	m	map /mæp/ 地圖	man /mæn/ 男人	ham /hæm/ 火腿	gum /gʌm/ 牙齦
	n	nap /næp/ 午睡	neck /nɛk/ 頸部	fan /fæn/ 風扇	hen /hɛn/ 母雞
	ŋ	king /kɪŋ/ 國王	sing /sɪŋ/ 唱歌	bank /bæŋk/ 銀行	sink /sɪŋk/ 水槽

配對的9個有聲子音					

破擦音	ʤ	jeans /ʤinz/ 牛仔褲	gym /ʤɪm/ 健身房	jeep /ʤip/ 吉普車	page /peʤ/ 頁數
邊音	r	run /rʌn/ 跑	road /rod/ 道路	dear /dɪr/ 親愛的	year /jɪr/ 年
	l	like /laɪk/ 喜愛	lion /laɪən/ 獅子	mail /mel/ 郵件	bell /bɛl/ 鐘
音節子音	ļ	noodle /ˈnudļ/ 麵	table /ˈtebļ/ 桌子	local /ˈlokļ/ 地方的	mental /ˈmɛntļ/ 精神的
	m̩	racism /ˈresɪzm̩/ 種族主義	realism /ˈrɪəlɪzm̩/ 寫實主義	optimism /ˈaptəmɪzm̩/ 樂觀主義	criticism /ˈkrɪtəsɪzm̩/ 批評
	n̩	reason /ˈrizn̩/ 理由	season /ˈsizn̩/ 季節	garden /ˈgardn̩/ 花園	golden /ˈgoldn̩/ 金的

② 26個英文字母的讀音與自然發音
（Pronunciation）（Phonics）

字母下方為讀音，字母右邊為自然發音，標記 ★ 者代表有2種不同的自然發音。

· 讀音：26個英文字母單獨唸時的發音。
· 自然發音：英文字母組合成單字時的發音。

字母	自然發音	例字	
A /e/	/æ/	<u>a</u>bsent /ˈæbsn̩t/ 缺席的 th<u>a</u>t /ðæt/ 那個 p<u>a</u>n /pæn/ 平底鍋 th<u>a</u>nk /θæŋk/ 謝謝	c<u>a</u>p /kæp/ 帽子 <u>a</u>nt /ænt/ 螞蟻
B /bi/	/b/	<u>b</u>ag /bæg/ 袋子 <u>b</u>oy /bɔɪ/ 男孩 <u>b</u>oard /bord/ 板子	<u>b</u>ad /bæd/ 不好的 <u>b</u>aby /ˈbebɪ/ 嬰兒 ca<u>b</u> /kæb/ 計程車
C /si/	/k/	<u>c</u>at /kæt/ 貓 <u>c</u>oat /kot/ 外套 <u>c</u>ook /kʊk/ 烹煮 pi<u>c</u>ni<u>c</u> /ˈpɪknɪk/ 野餐	<u>c</u>ake /kek/ 蛋糕 <u>c</u>lap /klæp/ 拍手

字母	自然發音	例字	
D /di/	/d/	<u>d</u>ay /de/ 白天 <u>d</u>ip /dɪp/ 沾 un<u>d</u>er /ˈʌndəˈ/ 在……之下 ra<u>d</u>io /ˈredɪo/ 收音機	<u>d</u>og /dɔg/ 狗 <u>d</u>uck /dʌk/ 鴨子
E /i/	/ɛ/	p<u>e</u>t /pɛt/ 寵物 w<u>e</u>b /wɛb/ 蜘蛛網 l<u>e</u>sson /ˈlɛsn̩/ 課程 s<u>e</u>lfish /ˈsɛlfɪʃ/ 自私的	b<u>e</u>t /bɛt/ 打賭 d<u>e</u>sk /dɛsk/ 桌子
F /ɛf/	/f/	<u>f</u>an /fæn/ 風扇 <u>f</u>ool /ful/ 呆子 <u>f</u>inger /ˈfɪŋgɜ/ 手指頭 li<u>f</u>e /laɪf/ 生命	<u>f</u>ish /fɪʃ/ 魚 <u>f</u>ruit /frut/ 水果
G /dʒi/	/g/	<u>g</u>o /go/ 去 <u>g</u>ate /get/ 大門 <u>g</u>reat /gret/ 很棒的	<u>g</u>ame /gem/ 遊戲 <u>g</u>uess /gɛs/ 猜測 <u>g</u>irl /gɜl/ 女孩
H /etʃ/	/h/	<u>h</u>ip /hɪp/ 屁股 <u>h</u>am /hæm/ 火腿 <u>h</u>eart /hart/ 心臟	<u>h</u>op /hap/ 擺動 <u>h</u>en /hɛn/ 母雞 <u>h</u>ell /hɛl/ 地獄
I /aɪ/	/ɪ/	sh<u>i</u>t /ʃɪt/ 屎 h<u>i</u>t /hɪt/ 夯 f<u>i</u>sh /fɪʃ/ 魚 h<u>i</u>m /hɪm/ 他	<u>i</u>t /ɪt/ 它 s<u>i</u>ck /sɪk/ 生病的 b<u>i</u>g /bɪg/ 大的
J /dʒe/	/dʒ/	<u>j</u>et /dʒɛt/ 噴射機 <u>j</u>oke /dʒok/ 笑話 <u>j</u>oin /dʒɔɪn/ 參加	<u>j</u>am /dʒæm/ 果醬 <u>j</u>eep /dʒip/ 吉普車 <u>j</u>eans /dʒinz/ 牛仔褲

字母	自然發音	例字	
K /ke/	/k/	key /ki/ 鑰匙 kick /kɪk/ 踢 pack /pæk/ 打包	kid /kɪd/ 小孩 park /pɑrk/ 公園 clock /klɑk/ 鐘
★ L /ɛl/	/l/ 母音前： 發/ㄌ/或/了/	long /lɔŋ/ 長的 lion /laɪən/ 獅子	life /laɪf/ 生命
	/l/ 母音後： 發/ㄡ/或/歐/	tell /tɛl/ 告訴 school /skul/ 學校	mail /mel/ 郵件
★ M /ɛm/	/m/ 母音前： 發/ㄇ/或/摸/	map /mæp/ 地圖 moon /mun/ 月亮	milk /mɪlk/ 牛奶
	/m/ 母音後： 發/ㄣ閉口/或/嗯/	swim /swɪm/ 游泳 cream /krim/ 乳脂	dream /drim/ 夢
★ N /ɛn/	/n/ 母音前： 發/ㄋ/或/呢/	nap /næp/ 午睡 note /not/ 筆記	neck /nɛk/ 頸部
	/n/ 母音後： 發/ㄣ開口/或/恩/	fan /fæn/ 風扇 hen /hɛn/ 母雞	plan /plæn/ 計畫
O /o/	/ɑ/	hot /hɑt/ 熱的 fox /fɑks/ 狐狸 copy /ˈkɑpɪ/ 複印	pot /pɑt/ 湯鍋 box /bɑks/ 箱子 collar /ˈkɑlə/ 衣領

字母	自然發音	例字	
P /pi/	/p/	pie /paɪ/ 派餅 pure /pjʊr/ 純的 pan /pæn/ 淺鍋	pig /pɪg/ 豬 shop /ʃap/ 店鋪 peach /pitʃ/ 桃子
Q /kju/	/k/ 通常以qu形式出現：發/kw/	quick /kwɪk/ 很快的 quite /kwaɪt/ 相當 quiet /kwaɪət/ 安靜的 quit /kwɪt/ 終止 quality /ˈkwalətɪ/ 品質 question /ˈkwɛstʃən/ 問題	
★ R /ar/	/r/ 母音前： 發/ㄖさˇ/或/惹/	rain /ren/ 下雨 rose /roz/ 玫瑰	rock /rak/ 岩石
	/r/ 母音後： 發/ㄦ捲舌/或/兒/	dear /dir/ 親愛的 bear /bɛr/ 熊	door /dor/ 門
S /ɛs/	/s/	sweet /swit/ 甜的 smart /smart/ 聰明的 snow /sno/ 下雪 dress /drɛs/ 洋裝	spoon /spun/ 湯匙 rest /rɛst/ 休息
T /ti/	/t/	tip /tɪp/ 小費 tea /ti/ 茶 hit /hɪt/ 打中	try /traɪ/ 嘗試 tiger /ˈtaɪgə/ 老虎 bet /bɛt/ 打賭
U /ju/	/ʌ/	bus /bʌs/ 公車 rubber /ˈrʌbə/ 橡皮 adult /əˈdʌlt/ 成人	duck /dʌk/ 鴨子 supper /ˈsʌpə/ 晚餐 nut /nʌt/ 堅果

字母	自然發音	例字	
V /vi/	/v/	voice /vɔɪs/ 聲音 van /væn/ 廂型車 very /ˈvɛrɪ/ 非常地	view /vju/ 景觀 visit /ˈvɪzɪt/ 拜訪 video /ˈvɪdɪo/ 影像
W /dʌblju/	/w/	word /wɜd/ 文字 wine /waɪn/ 葡萄酒 wood /wʊd/ 木材	work /wɜk/ 工作 wear /wɛr/ 穿戴 wife /waɪf/ 妻子
★ X /ɛks/	母音前： 發/gz/	exam /ɪgˈzæm/ 考試 exact /ɪgˈzækt/ 精準的 exist /ɪgˈzɪst/ 存在	
	子音前： 發/ks/	excuse /ɪkˈskjuz/ 藉口 excel /ɪkˈsɛl/ 卓越	expel /ɪkˈspɛl/ 逐出
★ Y /waɪ/	字首Y是子音： 發/j/	yes /jɛs/ 是的 yolk /jok/ 蛋黃 year /jɪr/ 年	yard /jard/ 院子 yellow /ˈjɛlo/ 黃色的 young /jʌŋ/ 年輕的
	非字首Y是母音： 發/aɪ/或/ɪ/	fly /flaɪ/ 飛翔 type /taɪp/ 種類 body /ˈbadɪ/ 身體	sky /skaɪ/ 天空 style /staɪl/ 型式 candy /ˈkændɪ/ 糖果
Z /zi/	/z/	zoo /zu/ 動物園 zebra /ˈzibrə/ 斑馬 size /saɪz/ 尺寸	zero /ˈzɪro/ 零 zipper /ˈzɪpɚ/ 拉鍊 prize /praɪz/ 獎品

③ 何謂音節及拆音節的方法

01 何謂音節

MP3-004

　　音節就是唸單字時的停頓點。一個單字短則一個音節（單音節），長則可能多達七、八個音節。一個再長的單字，若有一套方法可以將其分成若干音節，而每個音節只有二、三個英文字母，自然就容易唸出口了。

　　有關音節有以下5個規則：

①通常一個單字裡有幾個母音字母，就有幾個音節。

　　範例：b<u>a</u>n<u>a</u>n<u>a</u>、<u>e</u>l<u>e</u>ph<u>a</u>nt、<u>a</u>n<u>i</u>m<u>a</u>l皆有3個音節。

②相連的母音字母，視為一個音節。

　　範例：<u>i</u>nn<u>o</u>v<u>a</u>t<u>i</u>on、r<u>e</u>p<u>u</u>t<u>a</u>t<u>i</u>on皆只有4個音節，而b<u>eau</u>t<u>i</u>f<u>u</u>l則只有3個音節。

③字尾的e不發音，不視為母音，不能形成一個音節。（e要去尾。）

　　範例：w<u>e</u>lc<u>o</u>me、<u>a</u>b<u>o</u>ve、<u>a</u>l<u>o</u>ne皆只有2個音節。

④非字首的y，視為母音，可以形成一個音節。

　　範例：sk<u>y</u>只有1個音節，Jul<u>y</u>則有2個音節。

　　但字首的y要視為子音，不能形成一個音節。（y要去頭。）

　　範例：y<u>e</u>ll<u>o</u>w只有2個音節。

⑤音節子音（l、m、n）雖然是子音，但可形成一個音節。

　　範例：r<u>a</u>c<u>i</u>sm有3個音節，r<u>ea</u>s<u>o</u>n、c<u>a</u>nc<u>e</u>l皆有2個音節。

　　　　　　　　/m̩/　　　　　　　　/n̩/　　　　/l̩/

❷ 拆音節的步驟

拆音節有二個步驟：

①先根據上述有關音節的5個規則，找出單字中所有的母音字母：

a　　　　　　　　非字尾的e　　　　　　　　i
　　　　　　　　（去e尾）

o　　　　　　　　u　　　　　　非字首的y
　　　　　　　　　　　　　　（去y頭）

以及3個音節子音：

l̩　　　　　　　　m̩　　　　　　　ŋ̍

然後在以上這些字母底部畫線。

範例：

competitor 競爭者	company 公司	appointment 約定
telephone 電話	clothing 衣服	metropolitan 大都會
conclusion 結論	constitution 憲法	description 描寫

②接著從英文單字的尾部（右方）往頭部（左方）找出畫有底線的字母，以每個畫有底線的字母為中心，分別抓住其左方的一個子音，然後在該子音字母前畫一條切割線，一路由右向左切割，最後一個母音則不必再切割了。

注意 ①重複相連的子音叫做「雙胞胎」，例如：ss、mm……其實只唸後一個子音；或②有些不相同而相連的子音叫做「連體嬰」，例如：ph、th……只唸一個單音；以及③有3個「黏TT」，第1個是「子音＋r」，例如：gr、tr……；第2個是「子音＋l」，例如：cl、pl……，r與l會去黏左邊的子音一起唸，切割線應切在它們之前，不要切在它們中間；第3個「黏TT」是「s＋子音」，例如：sc、st……，s則會被右邊的子音黏去一起唸。（切記：l、r黏左；s被右黏）

範例：

com/pe/ti/tor	com/pa/ny	a/ppoint/ment 雙胞胎
te/le/phone 連體嬰	clo/thing 連體嬰	me/tro/po/li/tan 黏TT的r
con/clu/sion 黏TT的l	con/sti/tu/tion 被黏TT的s	de/scrip/tion 被黏TT的s　黏TT的r

1.absorption

2.accompany

3.accomplishment

4.acknowledge

5.administration

6.additional

7.admiration

8.admission

9.agriculture

10.adoption

11.animation

12.analysis

13.assumption

14.academic

15.bankruptcy

16.balloonfish

17.billionaire

18.binoculars

19.boundary

1. <u>ab</u>/sorp´/t<u>io</u>n (n.)
/əbˈsɔrpʃən/ 吸收；專心

2. <u>a</u>/cc<u>o</u>m´/p<u>a</u>/n<u>y</u> (v.)
/əˈkʌmpɪnɪ/ 陪伴；添加

3. <u>a</u>/cc<u>o</u>m´/pl<u>i</u>sh/m<u>e</u>nt (n.)
/əˈkamplɪʃmənt/ 成就；教養(pl.)

4. <u>a</u>ck/n<u>o</u>´/wl<u>e</u>dge (v.)
/əkˈnalɪdʒ/ 承認；感謝

5. <u>a</u>d/m<u>i</u>/n<u>i</u>/str<u>a</u>´/t<u>io</u>n (n.)
/ədmɪnəˈstreʃən/ 行政管理

6. <u>a</u>/dd<u>i</u>´/t<u>io</u>/n<u>a</u>l (a.)
/əˈdɪʃnl/ 另外的；附加的

7. <u>a</u>d/m<u>i</u>/r<u>a</u>´/t<u>io</u>n (n.)
/ædməˈreʃən/ 欽佩；欣賞

8. <u>a</u>d/m<u>i</u>´/ss<u>io</u>n (n.)
/ədˈmɪʃən/ 門票；進入許可

9. <u>a</u>´/gr<u>i</u>/c<u>u</u>l/t<u>u</u>re (n.)
/ˈæɡrɪkʌltʃɚ/ 農業；農藝

10. <u>a</u>/d<u>o</u>p´/t<u>io</u>n (n.)
/əˈdapʃən/ 收養；採用

11. <u>a</u>/n<u>i</u>/m<u>a</u>´/t<u>io</u>n (n.)
/ænəˈmeʃən/ 動畫片

12. <u>a</u>/n<u>a</u>´/l<u>y</u>/s<u>i</u>s (n.)
/əˈnæləsɪs/ 分析

13. <u>a</u>/ss<u>u</u>mp´/t<u>io</u>n (n.)
/əˈsʌmpʃən/ 假定；採取

14. <u>a</u>/c<u>a</u>/d<u>e</u>´/m<u>i</u>c (a.)
/ækəˈdɛmɪk/ 學術的；學院的

15. b<u>a</u>n´/kr<u>u</u>pt/c<u>y</u> (n.)
/ˈbæŋkrʌptsɪ/ 破產

16. b<u>a</u>/ll<u>oo</u>n´/f<u>i</u>sh (n.)
/bəˈlunfɪʃ/ 河豚

17. b<u>i</u>/ll<u>io</u>/n<u>ai</u>re´ (n.)
/bɪljənˈɛr/
億萬富翁

18. b<u>i</u>/n<u>o</u>´/c<u>u</u>/l<u>a</u>rs (n.)
/baɪˈnakjələˌz/
雙眼望遠鏡；雙眼顯微鏡

19. b<u>ou</u>n´/d<u>a</u>/r<u>y</u> (n.)
/ˈbaʊndərɪ/ 邊界

1.collaboration

2.constitution

3.compensation

4.clarification

5.classification

6.commodity

7.competition

8.combination

9.cancellation

10.confrontation

11.consideration

12.comprehension

13.curriculum

14.communication

15.composition

16.completion

17.convention

18.correction

19.conclusion

20.correspondent

21.civilization

1.co/lla/bo/ra´/tion (n.)
/kəlæbə´reʃən/ 合作；通敵

2.con/sti/tu´/tion (n.)
/kanstə´tjuʃən/ 憲法；公司章程

3.com/pen/sa´/tion (n.)
/kampən´seʃən/ 賠償；報酬

4.cla/ri/fi/ca´/tion (n.)
/klærəfə´keʃən/ 澄清；淨化

5.cla/ssi/fi/ca´/tion (n.)
/klæsəfə´keʃən/ 分類；分級

6.co/mmo´/di/ty (n.)
/kə´madətı/ 日用品；必需品

7.com/pe/ti´/tion (n.)
/kampə´tıʃən/ 比賽；競爭

8.com/bi/na´/tion (n.)
/kambə´neʃən/ 合作；合併

9.can/ce/lla´/tion (n.)
/kæns´ļeʃən/ 取消

10.con/fron/ta´/tion (n.)
/kanfrən´teʃən/ 對立；面對

11.con/si/de/ra´/tion (n.)
/kansıdə´reʃən/ 考慮；體貼

12.com/pre/hen´/sion (n.)
/kamprı´hɛnʃən/ 理解；包含

13.cu/rri´/cu/lum (n.)
/kə´rıkjuləm/ 課程表

14.co/mmu/ni/ca´/tion (n.)
/kəmjunə´keʃən/ 通訊；聯絡

15.com/po/si´/tion (n.)
/kampə´zıʃən/ 作文；作曲；成分

16.com/ple´/tion (n.)
/kəm´pliʃən/ 完成；成就

17.con/ven´/tion (n.)
/kən´vɛnʃən/ 集會；協約

18.co/rrec´/tion (n.)
/kə´rɛkʃən/ 校正；矯正

19.con/clu´/sion (n.)
/kən´kluʒən/ 結論

20.co/rre/spon´/dent (n.)
/kɔrə´spandənt/ 特派員

21.ci/vi/li/za´/tion (n.)
/sıvļə´zeʃən/ 文明

1.definition

2.description

3.determination

4.deliberation

5.declaration

6.diversification

7.examination

8.expectation

9.expenditure

10.emigration

11.exhibition

12.exportation

13.hospitality

14.invitation

15.identification

16.institution

17.introduction

18.intervention

19.innovation

20.immigration

21.information

22.interpreter

23.inconvenience

24.initial

1.de/fi/ni/tion (n.)
/dɛfəˈnɪʃən/ 定義

2.de/scrip/tion (n.)
/dɪˈskrɪpʃən/ 敘述；描寫

3.de/ter/mi/na/tion (n.)
/dɪtɜməˈneʃən/ 決心；判決

4.de/li/be/ra/tion (n.)
/dɪlɪbəˈreʃən/ 深思熟慮

5.de/cla/ra/tion (n.)
/dɛkləˈreʃən/ 宣言；公告

6.di/ver/si/fi/ca/tion (n.)
/daɪvəsəfəˈkeʃən/ 多樣化

7.e/xa/mi/na/tion (n.)
/ɪgzæməˈneʃən/ 檢查；考試

8.ex/pec/ta/tion (n.)
/ɛkspɛkˈteʃən/ 預期；期望

9.ex/pen/di/ture (n.)
/ɪksˈpɛndɪtʃə/ 經費；支出

10.e/mi/gra/tion (n.)
/ɛməˈgreʃən/ 移居他國；外移

11.ex/hi/bi/tion (n.)
/ɛksəˈbɪʃən/ 展覽；表演會

12.ex/por/ta/tion (n.)
/ɛksporˈteʃən/ 輸出；輸出品

13.ho/spi/ta/li/ty (n.)
/haspɪˈtælətɪ/ 親切款待

14.in/vi/ta/tion (n.)
/ɪnvəˈteʃən/ 請帖；邀請

15.i/den/ti/fi/ca/tion (n.)
/aɪdɛntəfəˈkeʃən/ 驗明身分的証件

16.in/sti/tu/tion (n.)
/ɪnstəˈtjuʃən/ 協會；學會

17.in/tro/duc/tion (n.)
/ɪntrəˈdʌkʃən/ 介紹；序文

18.in/ter/ven/tion (n.)
/ɪntəˈvɛnʃən/ 仲裁；調停

19.i/nno/va/tion (n.)
/ɪnəˈveʃən/ 創新；革新

20.i/mmi/gra/tion (n.)
/ɪməˈgreʃən/ 移入本國

21.in/for/ma/tion (n.)
/ɪnfəˈmeʃən/ 知識；消息

22.in/ter/pre/ter (n.)
/ɪnˈtɜprɪtə/ 翻譯者

23.in/con/ve/nience (n.)
/ɪnkənˈvinjəns/ 不方便；麻煩

24.i/ni/tial (n.)
/ɪˈnɪʃəl/ 首字母

1.modification

2.modernization

3.normalization

4.observation

5.opposition

6.opportunity

7.operation

8.population

9.popularity

10.production

11.pollution

12.purification

13.possession

14.preparation

15.prevention

16.presentation

17.possibility

18.personality

19.predecessor

20.plantation

21.proposition

22.preposition

23.pharmaceutical

24.psychological

25.permission

26.persuasion

27.profession

28.programmer

1.mo/di/fi/ca′/tion (n.)
/madəfəˈkeʃən/ 修正；變更

2.mo/der/ni/za′/tion (n.)
/madənəˈzeʃən/ 現代化

3.nor/ma/li/za′/tion (n.)
/nɔrmļəˈzeʃən/ 正常化

4.ob/ser/va′/tion (n.)
/abzəˈveʃən/ 觀察（力）

5.o/ppo/si′/tion (n.)
/apəˈzɪʃən/ 反對；對立

6.o/ppor/tu′/ni/ty (n.)
/apəˈtjunətɪ/ 機會

7.o/pe/ra′/tion (n.)
/apəˈreʃən/ 操作；經營

8.po/pu/la′/tion (n.)
/papjuˈleʃən/ 人口；居民

9.po/pu/la′/ri/ty (n.)
/papjəˈlærətɪ/ 名氣；流行

10.pro/duc′/tion (n.)
/prəˈdʌkʃən/ 生產；出產

11.po/llu′/tion (n.)
/pəˈluʃən/ 汙染

12.pu/ri/fi/ca′/tion (n.)
/pjurəfəˈkeʃən/ 清洗；淨化

13.po/sse′/ssion (n.)
/pəˈzɛʃən/ 所有物；財產(pl.)

14.pre/pa/ra′/tion (n.)
/prɛpəˈreʃən/ 準備；預習

15.pre/ven′/tion (n.)
/prɪˈvɛnʃən/ 預防

16.pre/sen/ta′/tion (n.)
/prɛzn̩ˈteʃən/ 介紹，授與

17.po/ssi/bi′/li/ty (n.)
/pasəˈbɪlətɪ/ 可能性；機率

18.per/so/na′/li/ty (n.)
/pɜsņ̩ˈælətɪ/ 個性

19.pre′/de/ce/ssor (n.)
/ˈprɛdɪsɛsə/ 前任者；先祖

20.plan/ta′/tion (n.)
/plænˈteʃən/ 農園；殖民地(pl.)

21.pro/po/si′/tion (n.)
/prapəˈzɪʃən/ 提議；主張

22.pre/po/si′/tion (n.)
/prɛpəˈzɪʃən/ 介系詞

23.phar/ma/ceu′/ti/cal (a.)
/farməˈsjutɪkļ/ 製藥的

24.psy/cho/lo′/gi/cal (a.)
/saɪkəˈladʒɪkļ/ 心理上的；精神的

25.per/mi′/ssion (n.)
/pəˈmɪʃən/ 准許；認可

26.per/sua′/sion (n.)
/pəˈsweʒən/ 說服力

27.pro/fe′/ssion (n.)
/prəˈfɛʃən/ 職業

28.pro′/gra/mmer (n.)
/ˈprogræmə/ 程式設計師；策畫者

1.qualification

2.questionnaire

3.quotation

4.resignation

5.reputation

6.relaxation

7.realization

8.reduction

9.suppression

10.stationery

11.significant

12.solidification

13.simplification

14.specification

15.separation

16.suggestion

17.selection

18.solution

19.straightforward

20.transportation

21.symbolical

22.sympathy

1. qua/li/fi/ca'/tion (n.)
   /kwɑləfəˈkeʃən/ 資格

2. que/stio/nnaire' (n.) (F.)
   /kwɛstʃənˈɛr/ 問卷

3. quo/ta'/tion (n.)
   /kwoˈteʃən/ 引用字；報價；引號

4. re/sig/na'/tion (n.)
   /rɛzɪgˈneʃən/ 辭職；放棄

5. re/pu/ta'/tion (n.)
   /rɛpjəˈteʃən/ 名氣；名聲

6. re/la/xa'/tion (n.)
   /rɪlækˈseʃən/ 鬆弛；娛樂

7. rea/li/za'/tion (n.)
   /rɪələˈzeʃən/ 領悟；實現

8. re/duc'/tion (n.)
   /rɪˈdʌkʃən/ 減少；還原

9. su/ppre'/ssion (n.)
   /səˈprɛʃən/ 鎮壓；抑制

10. sta'/tio/ne/ry (n.)
    /ˈsteʃənɛrɪ/ 文具；信紙

11. sig/ni'/fi/cant (a.)
    /sɪgˈnɪfəkənt/ 有意義的

12. so/li/di/fi/ca'/tion (n.)
    /səlɪdəfəˈkeʃən/ 團結；凝固

13. sim/pli/fi/ca'/tion (n.)
    /sɪmpləfəˈkeʃən/ 簡化

14. spe/ci/fi/ca'/tion (n.)
    /spɛsəfəˈkeʃən/ 說明書；規格

15. se/pa/ra'/tion (n.)
    /sɛpəˈreʃən/ 隔離

16. su/gge'/stion (n.)
    /səˈdʒɛstʃən/ 提議；意見

17. se/lec'/tion (n.)
    /səˈlɛkʃən/ 選擇；精選

18. so/lu'/tion (n.)
    /səˈluʃən/ 解答；溶液

19. straight/for'/ward (a.)
    /stretˈfɔrwəd/ 直率的

20. tran/spor/ta'/tion (n.)
    /trænspəˈteʃən/ 運輸

21. sym/bo'/li/cal (a.)
    /sɪmˈbalɪkl̩/ 象徵性的

22. sym'/pa/thy (n.)
    /ˈsɪmpəθɪ/ 同情；同感

④ 單字的重音規則

　　一個英文單字通常只有一個主要的重音，重音的音節就是要提高音調的音節，其它的部分，不是次重音，就是輕音節。

　　以下為單字的重音規則：

① 字尾為tion、sion、sive、cian、ment、ic、ical、ial、ity、ish、logy 　　`MP3-011`

　　凡字尾為tion、sion、sive、cian、ment、ic、ical、ial、ity、ish、logy，重音通常在該組字尾的前一個音節。

~tion （名詞字尾）	addi′tion /əˈdɪʃən/ 添加物 assump′tion /əˈsʌmpʃən/ 假設 conven′tion /kənˈvɛnʃən/ 會議 civiliza′tion /sɪvələˈzeʃən/ 文明 examina′tion /ɪgzæməˈneʃən/ 考試 expecta′tion /ɛkspɛkˈteʃən/ 期望 introduc′tion /ɪntrəˈdʌkʃən/ 介紹 informa′tion /ɪnfəˈmeʃən/ 消息 opera′tion /apəˈreʃən/ 操作 opposi′tion /apəˈzɪʃən/ 反對 popula′tion /papjəˈleʃən/ 人口 proposi′tion /prapəˈzɪʃən/ 提議 quota′tion /kwoˈteʃən/ 引文 sugges′tion /səˈdʒɛstʃən/ 建議 selec′tion /səˈlɛkʃən/ 選擇

~sion （名詞字尾）	admi´ssion /əd´mɪʃən/ 門票 conclu´sion /kən´kluʒən/ 結論 confu´sion /kən´fjuʒən/ 困惑 discu´ssion /dɪ´skʌʃən/ 討論 expan´sion /ɪk´spænʃən/ 擴張 expre´ssion /ɪk´sprɛʃən/ 表情 depre´ssion /dɪ´prɛʃən/ 沮喪 impre´ssion /ɪm´prɛʃən/ 印象 ten´sion /´tɛnʃən/ 緊張
~sive （形容詞 字尾）	comprehen´sive /kɑmprɪ´hɛnsɪv/ 全面性的 defen´sive /dɪ´fɛnsɪv/ 防守的 expen´sive /ɪk´spɛnsɪv/ 昂貴的 explo´sive /ɪk´splosɪv/ 爆炸的 exclu´sive /ɪk´sklusɪv/ 獨家的 impre´ssive /ɪm´prɛsɪv/ 印象深刻的 succe´ssive /sək´sɛsɪv/ 連續的 inten´sive /ɪn´tɛnsɪv/ 進階的 expre´ssive /ɪk´sprɛsɪv/ 有表情的 inclu´sive /ɪn´klusɪv/ 包含的 depre´ssive /dɪ´prɛsɪv/ 沮喪的
~cian （名詞字尾）	electri´cian /ɪlɛk´trɪʃən/ 電工技師 musi´cian /mju´zɪʃən/ 音樂家 magi´cian /mə´dʒɪʃən/ 魔術師 physi´cian /fɪ´zɪʃən/ 內科醫生 politi´cian /pɑlə´tɪʃən/ 政治家 mathemati´cian /mæθəmə´tɪʃən/ 數學家 techni´cian /tɛk´nɪʃən/ 專家

~ment （名詞字尾）	attach'ment /ə'tætʃmənt/ 附錄 appoint'ment /ə'pɔɪntmənt/ 約定 co'mment /'kamənt/ 評論 command'ment /kə'mændmənt/ 戒律 commit'ment /kə'mɪtmənt/ 允諾 gar'ment /'garmənt/ 衣服 base'ment /'besmənt/ 地下室 disappoint'ment /dɪsə'pɔɪntmənt/ 失望 excite'ment /ɪk'saɪtmənt/ 興奮 improve'ment /ɪm'pruvmənt/ 改良 require'ment /rɪ'kwaɪrmənt/ 資格要求 state'ment /'stetmənt/ 報表
~ic （形容詞 字尾）	acade'mic /ækə'dɛmɪk/ 學術的 automa'tic /ɔtə'mætɪk/ 自動的 artis'tic /ar'tɪstɪk/ 藝術的 democra'tic /dɛmə'krætɪk/ 民主的 cos'mic /'kazmɪk/ 宇宙的 cri'tic /'krɪtɪk/ 評論家 energe'tic /ɛnɚ'dʒɛtɪk/ 精力充沛的 exo'tic /ɛg'zatɪk/ 異國的 drama'tic /drə'mætɪk/ 戲劇化的 optimis'tic /aptə'mɪstɪk/ 樂觀的 orga'nic /ɔr'gænɪk/ 有機的 terri'fic /tə'rɪfɪk/ 很好的
~ical （形容詞 字尾）	biolo'gical /baɪə'ladʒɪkl̩/ 生物的 econo'mical /ɪkə'namɪkl̩/ 經濟的 elec'trical /ɪ'lɛktrɪkl̩/ 電的 mu'sical /'mjuzɪkl̩/ 音樂的

~ical （形容詞 字尾）	geome'trical /ʤɪə'mɛtrɪkl̩/ 幾何學的 psycholo'gical /saɪkə'ladʒɪkl̩/ 心理學的 poli'tical /pə'lɪtɪkl̩/ 政治的 pharmaceu'tical /farmə'sjutɪkl̩/ 藥物的 symbo'lical /sɪm'balɪkl̩/ 象徵性的 skep'tical /'skɛptɪkl̩/ 多疑的 ty'pical /'tɪpɪkl̩/ 典型的 ver'tical /'vɜtɪkl̩/ 垂直的
~ial （形容詞 字尾）	commer'cial /kə'mɜʃəl/ 商業的 confiden'tial /kanfə'dɛnʃəl/ 機密的 conge'nial /kən'ʤinjəl/ 志趣相同的 consequen'tial /kansə'kwɛnʃəl/ 重大的 ini'tial /ɪ'nɪʃəl/ 初期的 interra'cial /ɪntə'reʃəl/ 種族間的 mate'rial /mə'tɪrɪəl/ 重要的 poten'tial /pə'tɛnʃəl/ 潛力的 spe'cial /'spɛʃəl/ 特別的 impar'tial /ɪm'parʃəl/ 公正的 substan'tial /səb'stænʃəl/ 大量的 finan'cial /faɪ'nænʃəl/ 財務的
~ity （名詞字尾）	acti'vity /æk'tɪvətɪ/ 活動 electri'city /ɪlɛk'trɪsətɪ/ 電 comple'xity /kəm'plɛksɪtɪ/ 複雜 iden'tity /aɪ'dɛntətɪ/ 同一人 humi'dity /hju'mɪdətɪ/ 濕度 opportu'nity /apə'tjunətɪ/ 機會 possibi'lity /pasə'bɪlətɪ/ 機率 persona'lity /pɜsn̩'ælətɪ/ 人格

~ity	responsibi′lity /rɪspansə′bɪlətɪ/ 責任 secu′rity /sɪ′kjʊrətɪ/ 安全 sensiti′vity /sɛnsə′tɪvətɪ/ 敏感度
~ish （動詞、 名詞、形容 詞字尾）	accomp′lish /ə′kamplɪʃ/ 實現 distin′guish /dɪs′tɪŋgwɪʃ/ 分類 estab′lish /ɪs′tæblɪʃ/ 建立 Eng′lish /′ɪŋglɪʃ/ 英國人／語／英國的 Spa′nish /′spænɪʃ/ 西班牙人／語／西班牙的 foo′lish /′fulɪʃ/ 笨的 slu′ggish /′slʌgɪʃ/ 懶惰的 sel′fish /′sɛlfɪʃ/ 自私的 relin′quish /rɪ′lɪŋkwɪʃ/ 廢止
~logy （名詞字尾）	eco′logy /ɪ′kalədʒɪ/ 生態學 etho′logy /ɛ′θalədʒɪ/ 行為學 ethno′logy /ɛθ′nalədʒɪ/ 民族學 methodo′logy /mɛθəd′alədʒɪ/ 方法論 mytho′logy /mɪ′θalədʒɪ/ 神話 psycho′logy /saɪ′kalədʒɪ/ 心理學 techno′logy /tɛk′nalədʒɪ/ 科技

⓪2 字尾為ee、eer、ese、oo、oon

字尾為ee、eer、ese、oo、oon等，重音在最末音節。

~ee （名詞字尾）	appoint<u>ee</u>′ /əpɔɪnˈti/ 被任命者 examin<u>ee</u>′ /ɪgzæməˈni/ 應試者 employ<u>ee</u>′ /ɛmplɔɪˈi/ 受雇者 devot<u>ee</u>′ /dɛvəˈti/ 奉獻的人 interview<u>ee</u>′ /ɪntɚvjuˈi/ 受訪者 nomin<u>ee</u>′ /naməˈni/ 被提名者 pay<u>ee</u>′ /peˈi/ 受款人 guarant<u>ee</u>′ /gærənˈti/ 保證／保証人 refug<u>ee</u>′ /rɛfjuˈdʒi/ 難民 refer<u>ee</u>′ /rɛfəˈri/ 裁判 train<u>ee</u>′ /treˈni/ 受訓者
~eer （名詞字尾）	auction<u>eer</u>′ /ɔkʃəˈnɪr/ 拍賣者 car<u>eer</u>′ /kəˈrɪr/ 職業 engin<u>eer</u>′ /ɛndʒəˈnɪr/ 工程師 election<u>eer</u>′ /ɪlɛkʃəˈnɪr/ 助選員 pion<u>eer</u>′ /paɪəˈnɪr/ 先鋒 profit<u>eer</u>′ /prafəˈtɪr/ 利益至上的商人 mountain<u>eer</u>′ /mauntəˈnɪr/ 登山者 slogan<u>eer</u>′ /slogəˈnɪr/ 口號作者 volunt<u>eer</u>′ /valənˈtɪr/ 志工 rocket<u>eer</u>′ /rakɪˈtɪr/ 火箭專家 mutin<u>eer</u>′ /mjutn̩ˈɪr/ 反叛者

~ese （名詞／形容詞字尾）	Cantonese′ /ˌkæntəˈniz/ 廣東人／語／廣東的 Chinese′ /tʃaɪˈniz/ 中國人／語／中國的 Japanese′ /ˌdʒæpəˈniz/ 日本人／語／日本的 Taiwanese′ /ˌtaɪwəˈniz/ 台灣人／語／台灣的 Vietnamese′ /ˌvjɛtnəˈmiz/ 越南人／語／越南的
~oo （名詞字尾）	bamboo′ /bæmˈbu/ 竹子 taboo′ /təˈbu/ 禁忌 tattoo′ /təˈtu/ 刺青 kangaroo′ /ˌkæŋgəˈru/ 袋鼠 shampoo′ /ʃæmˈpu/ 洗髮精
~oon （名詞字尾）	afternoon′ /ˌæftəˈnun/ 下午 cartoon′ /karˈtun/ 卡通 cocoon′ /kəˈkun/ 繭 lagoon′ /ləˈgun/ 潟湖 monsoon′ /manˈsun/ 季風 raccoon′ /ræˈkun/ 浣熊 typhoon′ /taɪˈfun/ 颱風

❸ 雙音節的單字同時可當名詞與動詞　MP3-013

雙音節的單字若同時可當名詞與動詞，當名詞時重音在前面音節，當動詞時重音在後面音節。

單字	名詞	動詞
contest	/ˈkɑntɛst/ 比賽、競爭	/kənˈtɛst/ 爭辯
content	/ˈkɑntɛnt/ 目錄、內容	/kənˈtɛnt/ 滿足
contract	/ˈkɑntrækt/ 合約、協議	/kənˈtrækt/ 收縮
digest	/ˈdaɪdʒɛst/ 摘要	/daɪˈdʒɛst/ 消化食物
desert	/ˈdɛzət/ 沙漠	/dɪˈzɝt/ 拋棄
object	/ˈɑbdʒɪkt/ 目標、受詞	/əbˈdʒɛkt/ 反對
permit	/ˈpɝmɪt/ 許可証、通行証	/pɚˈmɪt/ 允許
produce	/ˈprɑdjus/ 農產品	/prɚˈdjus/ 生產、製造
present	/ˈprɛzənt/ 禮物	/prɪˈzɛnt/ 介紹
protest	/ˈprotɛst/ 抗議、異議	/prəˈtɛst/ 提出異議
perfume	/ˈpɝfjum/ 香水	/pɚˈfjum/ 擦香水
record	/ˈrɛkəd/ 記錄	/rɪˈkɔrd/ 錄音
refuse	/ˈrɛfjus/ 廢棄物	/rɪˈfjuz/ 拒絕
subject	/ˈsʌbdʒɪkt/ 科目、主題	/səbˈdʒɛkt/ 易蒙受……

！例外 下列單字無論是當名詞或動詞，重音皆在第一音節。

單字	名詞	動詞
bargain	/ˈbɑrgɪn/ 特價品	/ˈbɑrgɪn/ 議價
influence	/ˈɪnfluəns/ 影響力	/ˈɪnfluəns/ 影響
purchase	/ˈpɝtʃəs/ 購買品	/ˈpɝtʃəs/ 購買
signal	/ˈsɪgnl̩/ 信號	/ˈsɪgnl̩/ 發出信號

1.convention 2.physician 3.organic 4.opportunity

5.civilization 6.politician 7.energetic 8.personality

9.examination 10.attachment 11.critic 12.responsibility

13.introduction 14.employee 15.terrific 16.security

17.population 18.appointment 19.Cantonese 20.tattoo

牛刀小試 I 解答

MP3-014

1.conven′tion 2.physi′cian 3.orga′nic 4.opportu′nity
5.civiliza′tion 6.politi′cian 7.energe′tic 8.persona′lity
9.examina′tion 10.attach′ment 11.cri′tic 12.responsibi′lity
13.introduc′tion 14.employee′ 15.terri′fic 16.secu′rity
17.popula′tion 18.appoint′ment 19.Cantonese′ 20.tattoo′

1.expectation　2.comment　3.biological　4.shampoo

5.information　6.nominee　7.psychological　8.accomplish

9.quotation　10.commitment　11.economical　12.establish

13.admission　14.disappointment　15.symbolic　16.distinguish

17.conclusion　18.guarantee　19.typical　20.relinquish

牛刀小試 II 解答 ✏

MP3-015

1.expecta´tion　2.com´ment　3.biolo´gical　4.shampoo´
5.informa´tion　6.nominee´　7.psycholo´gical　8.accomp´lish
9.quota´tion　10.commit´ment　11.econo´mical　12.estab´lish
13.admi´ssion　14.disappoint´ment　15.symbo´lic　16.distin´guish
17.conclu´sion　18.guarantee´　19.ty´pical　20.relin´quish

⑤ 句子的重音規則

（一）關鍵字vs.結構字　　`MP3-016`

　　英文句子要唸得漂亮，除了單字的發音要正確之外，更要注意唸句子時的高低起伏和輕重，學會句子的重音規則，有助你把英文句子唸得清楚，也讓外國朋友聽得明白。

　　所謂句子的重音規則，就是句中有些「關鍵字（key words）」需要讀得較重、較清楚，也叫「重讀字」；其餘的字為「結構字（structure words）」也叫「輕讀字」，是建構英文句子的字而已，只要輕輕地讀即可。

⓪①「關鍵字」、「重讀字」

①指示代名詞（d.p.）：this、that、these、those

②名詞（n.）：pen、book、chair、table……

③普通動詞（cv.）：love、like、come、eat……

④副詞（ad.）：very、really、always、luckily……

⑤形容詞（a.）：nice、young、new、beautiful……

⑥疑問詞（inter.）：who、what、where、when、why、how、which

⓪2「結構字」、「輕讀字」

①代名詞（含所有格及受格）（pron.）：

　it、he、them、your、my、me、us……

②關係代名詞（含所有格及受格）（rel. pron.）：

　who、whose、whom、what、which、that……

③be動詞（be v.）或助動詞（aux. v.）：

　am、is、are或will、can、do、may、have……

④冠詞（art.）：a、an、the

⑤介系詞（prep.）：at、by、in、on、of……

⑥連接詞（conj.）：and、or、but、so……

牛刀小試

請依據上述的句子重音規則，研判下列句子有哪些字須重讀，並用底線來標示重讀字。

1. How do you spell this word?

　這個字你怎麼拼呢？

2. It's time to warm up.

　熱身一下吧。

3. Take a break for ten minutes.

　休息十分鐘。

4. Are you ready to leave for the wedding?

　你準備好要去參加婚禮了嗎？

5. This house is perfect for a family of four.

　這個房子太適合一家四口來住了。

6.Unfortunately, pets aren't allowed in this apartment.

很遺憾！這個公寓不許養寵物。

7.TV and Internet are included in the rental price.

租金裡包含了電視和網路的費用。

8.As you can see, the living room is bright, airy and spacious.

就如你所看到，客廳既明亮、通風又寬敞。

9.Could you verify whether we've paid this month?

請你確認一下，這個月我們是否已經付費了呢？

10.I forgot to clock in this morning.Can you make a note for me?

今天早上我忘了打卡，可以請你幫我註明一下嗎？

11.I don't think we should go above 200 bucks for a product like this.

我覺得我們不該花超過兩百元買這種東西。

12.If we're going to have a broad appeal, we'll need to keep the price down.

假如我們要吸引更多人的迴響，我們就該壓低價格。

13.The problem of the growing amount of electronic waste has gotten worse.

電子產品廢棄物逐日增多的問題日趨嚴重。

14.Fish is often regarded as healthy when compared to red meat.

與紅肉相比較，魚肉常被視為比較有益健康。

15.Mike salivated as he watched the steaks cooked on the grill.

當Mike看到牛排在架上烤時就流口水了。

牛刀小試解答

- 有底線為重讀字
- 名詞n.、一般動詞c.v.、形容詞a.、副詞ad.、疑問詞inter.、指示代名詞d.p.

1.How do you spell this word?
  inter.   c.v. d.p.   n.

2.It's time to warm up.
      n.   c.v.

3.Take a break for ten minutes.
  c.v.   n.   n.

4.Are you ready to leave for the wedding?
        a.   c.v.   n.

5.This house is perfect for a family of four.
  d.p. n.   a.   n.   n.

6.Unfortunately, pets aren't allowed in this apartment.
  ad.   n.   c.v.   d.p.   n.

7.TV and Internet are included in the rental price.
  n.   n.   c.v.   n.

8.As you can see, the living room is bright, airy and spacious.
        c.v.   n.   a.   a.   a.

9.Could you verify whether we've paid this month?
        c.v.   c.v. d.p.   n.

10.I forgot to clock in this morning. Can you make a note for me?
  c.v.   c.v. d.p.   n.   c.v.   n.

11.I don't think we should go above 200 bucks for a product like this.
     c.v.   c.v.   n.   n.   d.p.

12.If we're going to have a broad appeal, we'll need to keep the
      c.v.   c.v.   a.   n.   c.v.   c.v.

price down.
 n.   ad.

13.The <u>problem</u> of the <u>growing</u> <u>amount</u> of <u>electronic</u> <u>waste</u> has
        n.   a.   n.   a.   n.
<u>gotten</u> <u>worse</u>.
  c.v.   a.

14.<u>Fish</u> is <u>often</u> <u>regarded</u> as <u>healthy</u> when <u>compared</u> to <u>red meat</u>.
   n.   ad.   c.v.   a.   c.v.   n.

15.<u>Mike</u> <u>salivated</u> as he <u>watched</u> the <u>steaks</u> <u>cooked</u> on the <u>grill</u>.
   n.   c.v.   c.v.   n.   c.v.   n.

（二）句子重音的例外情況 MP3-018

有時候說話者為了要強調某個字，原本應該輕讀的字便會變成重讀字。請跟著例句練習。（有底線者為原本輕讀字變成重讀字）

A: Are you ready? 你準備好了嗎？
B: Yes, I am ready. 是的，我準備好了。

A: It's so cold today. 今天很冷。
B: No, it's not cold to me. 不，我不覺得冷。

A: Can I use your cell phone? 我可以用你的手機嗎？
B: No, you cannot. 不，你不可以。

A: Monica went to Japan yesterday. Monica昨天去日本。
B: She did? 她真的去了嗎？

A: Why did you cheat on the test? 你為什麼考試作弊呢？
B: I didn't. 我沒有。

A: Do you love me? 你愛我嗎？
B: Yes, I do love you. 是，我真的很愛你。

A: Do you like bread or love? 你愛麵包還是愛情？
B: Both. I like bread and love. 麵包與愛情兩者我都愛。

A: Can you swim across the river? 你可以游過那條河嗎？
B: Yes, I can. 是的，我可以。

（三）疑問句句尾語調

01 yes / no問句

MP3-019

　　一般可用yes或no來回答的問句，句尾語調上升↗。請跟著例句練習。

Can you help me with my homework? ↗
你可以幫助我做功課嗎？

Could you do me a favor? ↗
你可以幫我忙嗎？

Are you available tonight? ↗
你今夜有空嗎？

Did you have lunch yet? ↗
你吃過午餐了嗎？

Shall we attend the meeting tomorrow? ↗
明天我們要去參加會議嗎？

Have you been to Japan before? ↗
你有沒有去過日本呢？

ⓧ 疑問詞問句

MP3-020

　　若是由疑問詞（what、when、where、why、who、which、how）所帶領的問句，則句尾語調應下降↘。請跟著例句練習。

What are you doing? ↘
你在做什麼？

When will you be back? ↘
你什麼時候會回來？

Where is the park? ↘
公園在哪裡？

Who am I talking with? ↘
請問你是哪位？（電話用語）

Why do you come back? ↘
你為何回來？

Which one is better? ↘
哪一個比較好？

How are you? ↘
你好嗎？

Who are you? ↘
你是誰？

Who is this? ↘
是誰阿？

⑥ 句子的停頓規則

　　一個句子若太長，要有幾個地方可以停頓換氣，句子才能説得不快不慢又優雅順暢。基本上只要是語意完整的地方，就可以停頓。

❶ 句中可以停頓之處（若句子短則不一定要停）

①介系詞前：in、on、at、of……前。

②連接詞前：and、or、but……前。

③子句前：常由that或which或who等關係詞帶領的子句前。

④分詞構句前：常由現在分詞或過去分詞帶領已簡化的子句前。

⑤標點符號之後：「,」、「;」……後。

⑥句意完整的主詞之後。

02 例句說明（斜線代表停頓處）

①We hope / <u>that you'll stay with us again</u>.

希望以後你還會再回來我們這裡住宿。

→上面句子中，that帶領子句作為前面hope的受詞，因此在that子句的前面是可以停頓換氣的地方。

②Can I get a newspaper / <u>delivered to my room</u>?

可否麻煩送一份報紙到我的房間來？

→delivered to my room為分詞構句，是由子句簡化而來，因此可以在delivered這個分詞前稍做停頓。

③She got a job / <u>as</u> a typist.

她獲得一份打字員的工作。

→as是介系詞，因此as的前方可停頓。

④Please exit the terminal / <u>and</u> go to the shuttle stop / <u>outside</u> the door.

請先走出航廈，再走到門外的接駁站牌。

→and是連接詞，outside是介系詞，二個字之前皆為可停頓之處。

⑤<u>The girl who has a beautiful voice</u> / is my lovely daughter.

聲音很美的那個女孩是我可愛的女兒。

→句意完整的長主詞之後可以停頓。

⑥When we lived in the countryside, / we ate what we grew.

以前我們住在鄉下時，都吃自己種的菜。

→標點符號之後可以停頓。

以下引述自美國人權領袖Dr. Martin Luther King的演講稿「I Have a Dream」，大家可以練習句子的停頓。

1. I am happy to join with you today in what will go down in history as the greatest demonstration for freedom in the history of our nation.

   我很高興今天和你們一起參加這個將成為我國歷史上為了爭取自由所舉辦的最偉大的示威活動。

2. I have a dream that one day on the red hills of Georgia, the sons of former slaves and the sons of former slave-owners will be able to sit down together at the table of brotherhood.

   我有一個夢想，將來有一天在喬治亞州的紅丘山上，昔日黑奴的孩子們與蓄養黑奴者的孩子們，可以擁有兄弟般的情誼，平起平坐。

3. I have a dream that one day even the State of Mississippi, a state sweltering with the heat of injustice, sweltering with the heat of oppression will be transformed into an oasis of freedom and justice.

   我有個夢想，有一天甚至連密西西比州這個到處充滿著不公與壓迫的地方，都能夠變成一個自由與公平的綠洲。

4. I have a dream that my four little children will one day live in a nation where they will not be judged by the color of their skin but by the content of their character.

   我有個夢想，有一天我的四個小孩可以住在一個不以膚色而是以品格來評斷價值的國度裡。

5. One day right down in Alabama, our little black boys and black girls will be able to join hands with little white boys and white girls as sisters and brothers.

有一天就在阿拉巴馬州這個地方，黑人男孩、女孩都可以和白人男孩、女孩手牽著手，像兄弟姊妹般地相處。

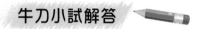

牛刀小試解答

紅色斜線標示出的位置是句子最適當的停頓處。

1. I am happy to join with you today / in what will go down in history
　　　　　　　　　　　　　　　　　　介系詞前

　 / as the greatest demonstration for freedom / in the history of
　　介系詞前　　　　　　　　　　　　　　　　　　介系詞前

　 our nation.

2. I have a dream / that one day on the red hills of Georgia,
　　　　　　　　　子句前

　 / the sons of former slaves and the sons of former slave-owners
　　標點後

　 / will be able to sit down together at the table of brotherhood.
　　句意完整的長主詞之後

3. I have a dream / that one day even the State of Mississippi,
　　　　　　　　　子句前

　 / a state sweltering with the heat of injustice, / sweltering with
　　標點後　　　　　　　　　　　　　　　　　　　標點後

　 the heat of oppression / will be transformed into an oasis of
　　　　　　　　　　　　　句意完整的長主詞之後

　 freedom and justice.

4. I have a dream / that my four little children will one day live in a
　　　　　　　　　子句前

　 nation / where they will not be judged by the color of their skin
　　　　　子句前

　 / but by the content of their character.
　　連接詞前

5. One day right down in Alabama, / our little black boys and black
　　　　　　　　　　　　　　　　標點後

　 girls / will be able to join hands with little white boys and white
　　　　句意完整的長主詞之後

　 girls / as sisters and brothers.
　　　　介系詞前

母音字母的
自然發音規則

① 字母A

字母A有可能發出的音有短母音/æ/、/ə/、/ɑ/、/ɚ/、/ɔ/和長母音/e/，分述如下：

❶ /æ/短母音

MP3-023

條件：a在單字的重音節（單音節的單字也屬於重音節）

am 是	ant 螞蟻	action 行動	absent 缺席的
album 專輯	apple 蘋果	ambulance 救護車	bat 球棒
bath 洗澡	black 黑色的	balcony 陽台	battery 電池
cap 無邊帽	cab 計程車	pan 平底鍋	match 火柴
have 有	marry 結婚	mass 大量	snack 點心

⚠ 例外 /ɛ/

any 任一	many 許多	Mary 瑪麗

⚠ 例外 wa：/ɑ/

want 要	wash 沖洗	watch 看

April 四月	Asia 亞洲	angel 天使

02 /ə/短母音

`MP3-024`

條件：a在單字的輕音節

across 對面	adult 成年人	against 靠著	agree 同意
allow 允許	alarm 警報	alone 獨自的	America 美國
appreciate 感激	apartment 公寓	attend 參加	assistant 助理
balance 平衡	banana 香蕉	Canada 加拿大	China 中國
salad 沙拉	soda 蘇打	sofa 沙發	panda 熊貓

❸ /e/長母音（A字母的讀音）

MP3-025

條件：①a＋子音＋e尾②ai、ay③ation尾

①a＋子音＋e尾：/e/

bake 烘焙	cake 蛋糕	case 個案	chase 追趕
date 日期	face 臉	fate 命運	game 遊戲
gate 大門	grace 優雅	grade 等級	lace 飾邊
lemonade 檸檬汁	male 男性的	mate 夥伴	pace 步伐
parade 遊行	shame 羞愧	shape 形狀	snake 蛇

！例外 age尾：/ɪ/

advantage 優勢	baggage 行李（美）	cabbage 包心菜	damage 損害
hostage 人質	luggage 行李（英）	language 語言	mileage 哩數
package 小包	postage 郵資		

！例外 are尾：/ɛ/

aware 察覺的	bare 裸的	care 掛念	dare 膽敢

declare	fare	rare	scare
申報	交通費用	稀少的	嚇唬人
share	stare		
共用	注視		

②ai、ay：/e/

bait	brain	fail	faith
餌	腦	失敗	信心
grain	maid	mail	nail
穀物	女僕	郵件	釘子
pain	rain	sail	snail
痛苦	下雨	航行	蝸牛
bay	day	hay	lay
海灣	白天	乾草	置放
pay	play	say	stay
支付	遊玩	說	逗留

❗例外 air：/ɛ/

chair	dairy	fairy	fair
椅子	酪農場	仙女	公平的
hair	millionaire	despair	
毛髮	百萬富豪	絕望	

③ation尾：/e/

civilization	expectation	examination	information
文明	期望	檢查	消息

operation	population	quotation
營運	人口	引用語

❹ /ar/短母音

條件：ar在單字的重音節（單音節的單字也屬於重音節）

arm	army	art	argue
手臂	軍隊	美術	主張

car	card	dark	discard
汽車	卡片	黑暗的	拋棄

far	farm	guitar	garment
遙遠的	農場	吉他	衣物

hard	harp	heart	large
硬的	豎琴	心臟	大的

mark	park	part	star
記號	公園	部分	星星

yard	carpet	target	harmony
庭院	地毯	目標	融洽

w<u>ar</u> 戰爭	w<u>ar</u>m 熱的	w<u>ar</u>den 典獄官	w<u>ar</u>d 監護
w<u>ar</u>der 守衛	w<u>ar</u>ranty 保固		

05 /ɚ/短母音

MP3-027

條件：<u>ar</u>在單字的輕音節

alt<u>ar</u> 祭壇	burgl<u>ar</u> 夜賊	cow<u>ar</u>d 膽小鬼	consul<u>ar</u> 領事的
begg<u>ar</u> 乞丐	doll<u>ar</u> 元	nect<u>ar</u> 花蜜	pill<u>ar</u> 柱子
sug<u>ar</u> 糖	leop<u>ar</u>d 美洲豹	coll<u>ar</u> 衣領	pol<u>ar</u> 極地的

⑥ /ɔ/短母音

條件：①al②au③aw

①al：/ɔ/

also 也	alter 變更	always 總是	ball 球
call 喊叫	fall 掉落	hall 大廳	salt 鹽
tall 高的	wall 牆	stall 小隔間	bald 禿的
walk 步行	talk 說話	stalk 莖部	

！例外 alf：/æ/（l不發音）

calf 小牛　　　　　half 一半　　　　　behalf 代表

！例外 alm：/ɑ/（l不發音）

calm 鎮定　　　　almond 杏仁　　　　palm 手掌

74

②au：/ɔ/

audience 聽眾；觀眾	author 作者	auction 拍賣	autumn 秋天
August 八月	autograph 簽名	daughter 女兒	fault 過失
launch 發射	laundry 洗滌衣物	caution 小心	cause 原因

③aw：/ɔ/

awesome 極好的	awful 糟糕的	crawl 爬行	draw 畫線
drawer 開票人	dawn 黎明	law 法律	lawn 草地
raw 生的	saw 鋸子	straw 吸管	jaw 顎
claw 爪	paw 有爪的足掌	yawn 打哈欠	pawn 抵押品

1.m<u>ai</u>l   2.coll<u>ar</u>   3.lang<u>u</u>age   4.lemon<u>a</u>de

5.sug<u>ar</u>   6.p<u>a</u>lm   7.str<u>aw</u>   8.<u>a</u>pple

9.<u>a</u>lmond   10.l<u>au</u>ndry   11.sn<u>a</u>ck   12.d<u>au</u>ghter

13.t<u>ar</u>get   14.<u>au</u>thor   15.pand<u>a</u>   16.g<u>ar</u>ment

17.sn<u>a</u>ke   18.f<u>ai</u>ry   19.bagg<u>a</u>ge   20.st<u>ay</u>

牛刀小試解答

MP3-029

1.m<u>ai</u>l	2.coll<u>ar</u>	3.lang<u>u</u>age	4.lemon<u>a</u>de
/e/	/ɚ/	/ɪ/	/e/
5.sug<u>ar</u>	6.p<u>a</u>lm	7.str<u>aw</u>	8.<u>a</u>pple
/ɚ/	/ɑ/	/ɔ/	/æ/
9.<u>a</u>lmond	10.l<u>au</u>ndry	11.sn<u>a</u>ck	12.d<u>au</u>ghter
/ɑ/	/ɔ/	/æ/	/ɔ/
13.t<u>ar</u>get	14.<u>au</u>thor	15.pand<u>a</u>	16.g<u>ar</u>ment
/ar/	/ɔ/	/ə/	/ɑr/
17.sn<u>a</u>ke	18.f<u>ai</u>ry	19.bagg<u>a</u>ge	20.st<u>ay</u>
/e/	/ɛ/	/ɪ/	/e/

② 字母E

字母E有可能發出的音有短母音/ɛ/、/ə/、/ɪ/、/ɜ/、/ə/和長母音/i/、/e/，但是字尾的e則不發音，分述如下：

01 /ɛ/短母音

條件：e在單字的重音節（單音節的單字也屬於重音節）

bell 鐘	bet 打賭	beggar 乞丐	pet 寵物
error 錯誤	lesson 教訓	elder 年長者	elephant 象
envelope 信封	seven 七	eleven 十一	engine 引擎
destiny 命運	possess 持有	swell 腫脹	smell 嗅
selfish 自私的	venture 冒險	web 網狀物	wet 濕的

02 /ə/ 短母音

MP3-031

條件：e在單字的輕音節（但不在第一音節）

seven 七	every 所有的	elephant 象	envelope 信封
enemy 敵人	element 要素	elevate 升高	elementary 初步的
elegant 高雅的	elevator 電梯	listen 傾聽	garment 衣物
open 打開	often 常常	student 學生	emergency 危急
evidence 證據	government 政府	comment 評論	commitment 承諾

before 在……之前	behind 在……之後	believe 相信	beyond 在……之外
beneath 在……之下	begin 開始	begone 走開	behalf 代表
behave 守規矩	behold 看	become 成為	because 因為
defer 延期	degree 程度	declare 聲明	decide 決定
decline 拒絕	debate 辯論	decay 腐爛	decease 死亡
delay 延緩	elect 選舉	eleven 十一	especial 特別的

03 /i/長母音（E字母的讀音）

條件：①e＋子音＋e尾②ee③ea

①e＋子音＋e尾：/i/

believe 相信	achieve 達成	gene 基因	theme 主題
niece 姪女	piece 片	scene 場景	supreme 最高的
scheme 計畫	grieve 悲嘆	Japanese 日文	compete 對抗
complete 完全的	Chinese 中文	extreme 非常的	eve 前夕

! **例外** ere尾：/ɪ/、/ɛ/

/ɪ/：here 這裡、mere 僅是

/ɛ/：there 那裡、where 何處

②ee：/i/

bee 蜜蜂	fee 費用	see 看	knee 膝蓋
tree 樹	three 三	cheese 起士	breeze 微風
freeze 凍結；不要動	sneeze 打噴嚏	needle 針	deep 深的

jeep 吉普車	bleed 流血	meet 相遇	sheet 床單
sleep 睡覺	sweep 掃除	peel 削皮	peep 偷看
kneel 下跪	reef 暗礁	agree 同意	beef 牛肉

！例外 eer：/ɪ/

beer 啤酒	cheer 歡呼	deer 鹿	career 職業
engineer 工程師	pioneer 先鋒	volunteer 志工	auctioneer 拍賣者
profiteer 利益至上的商人	sloganeer 標語作者		

③ea：/i/

beat 打敗	cheat 欺騙	heat 熱火	meat 肉
seat 座位	treat 款待	deal 交易	lease 租賃
please 使高興	east 東方	beast 野獸	feast 酒席
yeast 酵母菌	peach 桃子	reach 抵達	teach 教導

leak	leap	leaf	peak
洩漏	跳躍	樹葉	山頂

eagle	colleague	creature	steal
鷹	同事	生物	偷取

! 例外 ear：/ɪ/、/ɛ/、/ɜ/

/ɪ/：fear 擔心、hear 聽見、near 接近、clear 清楚的

/ɛ/：bear 熊、pear 西洋梨、wear 穿戴

/ɜ/：earth 地球、learn 學習、heard 聽聞

04 /ɜ/短母音

條件：er在單字的重音節（單音節的單字也屬於重音節）

her 她	herb 草本	herd 獸群	merge 合併
merchant 商人	perfect 完美的	mercy 仁慈	certain 特定的
term 學期	concern 憂慮	mermaid 美人魚	convert 轉換
universal 全球的	German 德語	diverse 多種的	alert 機警的
avert 避開	certitude 確實	prefer 偏愛	permit 許可證

05 /ɚ/短母音

MP3-034

條件：er在單字的輕音節

buyer 買方	center 中央	cooker 烹飪用具	cower 退縮
concert 音樂會	driver 駕駛者	enter 進入	ever 曾經
elder 長輩	eraser 橡皮擦	expert 專家	Easter 復活節
father 父親	flower 花	flier 廣告傳單	farmer 農夫
offer 提供	power 力量	powder 粉末	proverb 諺語

❻ /e/ 長母音

條件：<u>ei</u>、<u>ey</u>

<u>ei</u>ght 八	d<u>ei</u>gn 賜予	f<u>ei</u>gn 佯裝	h<u>ei</u>gh 叫聲
n<u>ei</u>ghbor 鄰居	r<u>ei</u>n 控制	r<u>ei</u>ndeer 馴鹿	v<u>ei</u>n 靜脈
v<u>ei</u>l 面紗	w<u>ei</u>gh 秤重	th<u>ey</u> 他們	gr<u>ey</u> 灰色的
ob<u>ey</u> 服從	surv<u>ey</u> 調查	pr<u>ey</u> 戰利品	h<u>ey</u> 嘿

1.b<u>ee</u>r   2.b<u>e</u>cause   3.<u>e</u>lephant   4.coll<u>ea</u>gue

5.East<u>er</u>   6.<u>e</u>nvelope   7.fr<u>ee</u>ze   8.powd<u>er</u>

9.el<u>e</u>vator   10.cr<u>ea</u>ture   11.p<u>er</u>mit   12.d<u>e</u>lay

13.th<u>e</u>me   14.r<u>ei</u>ndeer   15.v<u>e</u>nture   16.comm<u>e</u>nt

17.cook<u>er</u>   18.br<u>ee</u>ze   19.m<u>er</u>cy   20.b<u>e</u>lieve

牛刀小試解答

MP3-036

1.b<u>ee</u>r   2.b<u>e</u>cause   3.<u>e</u>lephant   4.coll<u>ea</u>gue
/ɪ/   /ɪ/   /ɛ/   /i/

5.East<u>er</u>   6.<u>e</u>nvelope   7.fr<u>ee</u>ze   8.powd<u>er</u>
/ɚ/   /ɛ/   /i/   /ɚ/

9.el<u>e</u>vator   10.cr<u>ea</u>ture   11.p<u>er</u>mit   12.d<u>e</u>lay
/ə/   /i/   /ɜ/   /ɪ/

13.th<u>e</u>me   14.r<u>ei</u>ndeer   15.v<u>e</u>nture   16.comm<u>e</u>nt
/i/   /e/   /ɛ/   /ə/

17.cook<u>er</u>   18.br<u>ee</u>ze   19.m<u>er</u>cy   20.b<u>e</u>lieve
/ɚ/   /i/   /ɜ/   /ɪ/

③ 字母I

字母I有可能發出的音有短母音/ɪ/、/ə/、/ɜ/和長母音/aɪ/，分述如下：

❶ /ɪ/短母音

MP3-037

條件：i在單字的重音節（單音節的單字也屬於重音節）

it 它	big 大的	mix 混合	slim 苗條的
quilt 棉被	wilt 使枯萎	kick 踢	sick 生病的
quick 快的	stick 黏住	thick 濃厚的	king 國王
sing 唱歌	liquor 酒	still 靜止的	spill 使溢出
dinner 晚餐	litter 垃圾	little 小的	fish 魚

02 /ə/短母音

條件：i在單字的輕音節（但不在第一音節）

ability 能力	activity 活動	humidity 濕度	responsible 有責任的
personality 個性	nationality 國籍	family 家庭	festival 節慶日
destiny 宿命	brevity 簡潔	capital 首都	possible 可能的
morality 道德	reality 現實	security 安全	modify 變更
notify 通知	simplify 使簡化	universe 宇宙	delicate 優雅的
specify 指定	certificate 證書	certitude 確實	similar 類似的

! 例外 i在單字的輕音節（而且在第一音節）：/ɪ/

illegal 非法的	illegible 難辨別的	imagine 想像	imitation 模仿
immortal 不朽的	immunity 免疫性	impeach 彈劾	impolite 無禮的
important 重要的	impressive 印象深刻	improve 改良	include 包含

indeed 的確	inform 通知	disagree 反對	discuss 討論
discover 發現	dismiss 解散	disturb 擾亂	discount 打折
display 展示	disaster 災害	disease 疾病	cigar 雪茄

03 /aɪ/長母音（I字母的讀音）

條件：i＋子音＋e尾

ride 騎乘	hide 隱藏	side 旁邊	slide 滑行
bride 新娘	bite 咬	bike 腳踏車	kite 風箏
nice 好的	rice 米	hike 健行	strike 敲打
wine 葡萄酒	fire 火	hire 聘請	price 價格
polite 禮貌的	wife 妻子	life 生命	recite 背誦
realize 了解	apologize 道歉	wipe 擦拭	mice 老鼠

！例外 sive尾、tive尾：/ɪ/

expensive 昂貴的	explosive 炸藥	exclusive 獨家的	defensive 防守的
impressive 印象深刻	purposive 故意的	successive 連續的	detective 偵探
effective 有效的	native 本土的	executive 執行的	protective 保護的
positive 正面的	negative 負面的	attractive 迷人的	sensitive 敏感的

04 /ɜ/短母音

MP3-040

條件：<u>ir</u>在單字的重音節（單音節的單字也屬於重音節）

s<u>ir</u> 先生	sh<u>ir</u>t 襯衫	th<u>ir</u>d 第三	th<u>ir</u>ty 三十
th<u>ir</u>sty 口渴的	b<u>ir</u>d 鳥	d<u>ir</u>t 泥土	g<u>ir</u>l 女子
c<u>ir</u>cle 圓環	d<u>ir</u>ty 髒的	sk<u>ir</u>t 裙子	st<u>ir</u> 攪拌

05 /ɪ/短母音

MP3-041

條件：<u>ir</u>在輕音節，又在字首（通常是<u>ir</u>r＋母音）

<u>i</u>rradiation 放射	<u>i</u>rrational 不合理的	<u>i</u>rrigation 灌溉	<u>i</u>rritation 激怒
<u>i</u>rrevocable 不能挽回的	<u>i</u>rregular 異常的	<u>i</u>rrelevant 不相干的	<u>i</u>rresponsible 不負責任的
<u>i</u>rrelative 無關連的	<u>i</u>rreligion 無神論	<u>i</u>rremissible 不可寬恕的	<u>i</u>rremovable 終身職的

標出底線字母的音標，並試著唸唸看吧！

1.s<u>i</u>ck	2.festi<u>v</u>al	3.<u>i</u>mitation	4.st<u>i</u>ck
5.rec<u>i</u>te	6.<u>ir</u>relative	7.<u>i</u>magine	8.thi<u>r</u>sty
9.<u>i</u>mpressive	10.<u>ir</u>rational	11.cap<u>i</u>tal	12.apolig<u>i</u>ze
13.l<u>i</u>ttle	14.certif<u>i</u>cate	15.nationalit<u>y</u>	16.d<u>i</u>saster
17.detect<u>i</u>ve	18.str<u>i</u>ke	19.<u>ir</u>regular	20.c<u>ir</u>cle

牛刀小試解答 MP3-042

1.s<u>i</u>ck /ɪ/	2.festi<u>v</u>al /ə/	3.<u>i</u>mitation /ɪ/	4.st<u>i</u>ck /ɪ/
5.rec<u>i</u>te /aɪ/	6.<u>ir</u>relative /ɪ/	7.<u>i</u>magine /ɪ/	8.thi<u>r</u>sty /ɜ/
9.<u>i</u>mpressive /ɪ/	10.<u>ir</u>rational /ɪ/	11.cap<u>i</u>tal /ə/	12.apolig<u>i</u>ze /aɪ/
13.l<u>i</u>ttle /ɪ/	14.certif<u>i</u>cate /ə/	15.nationalit<u>y</u> /ə/	16.d<u>i</u>saster /ɪ/
17.detect<u>i</u>ve /ɪ/	18.str<u>i</u>ke /aɪ/	19.<u>ir</u>regular /ɪ/	20.c<u>ir</u>cle /ɜ/

④ 字母O

　　字母O有可能發出的音有短母音/ɑ/、/ə/、/ɔ/、/ɚ/和長母音/o/、/u/，分述如下：

❶ /ɑ/短母音

MP3-043

條件：o在單字的重音節（單音節的單字也屬於重音節）

ox 閹牛	box 盒子	cop 警察	fox 狐狸
locker 衣物櫃	hot 熱的	pot 深鍋	top 頂端
rot 腐壞	sock 短襪	stop 停止	block 阻擋
clock 鐘	logic 邏輯	novel 小說	bottom 底部
copy 影印	hobby 嗜好	object 目標	promise 允諾
possible 可能的	prosper 繁榮	knock 敲擊	collar 衣領

stomach 胃	comfort 安慰	compass 指南針	company 公司
money 錢	monkey 猴子	onion 洋蔥	wonder 想知道
glove 手套	oven 爐灶	cover 掩蓋	shovel 鏟子
another 另一個	brother 兄弟	mother 母親	nothing 沒事

02 /ə/短母音

MP3-044

條件：o在單字的輕音節

melon 甜瓜	lemonade 檸檬汁	mosquito 蚊子	nervous 緊張的
cotton 棉花	welcome 歡迎	today 今天	condition 形勢
compete 對抗	complete 完成的	opinion 意見	potato 洋芋
possess 持有	automatic 自動的	innovation 創新	condole 哀悼

03 /o/長母音（O字母的讀音）

條件：①o＋子音＋e尾②oa③o尾

①o＋子音＋e尾：/o/

code 代碼	core 核心	choke 使窒息	evoke 喚起
explore 探勘	console 安慰	adore 崇拜	explode 爆炸
ignore 忽視	hole 洞	nose 鼻子	pole 極地
phone 電話	owe 欠	more 更多的	bore 厭煩
robe 長袍子	rope 繩索	score 分數	snore 打鼾
shore 海岸	smoke 抽菸	stroke 中風	store 店家

例外 ome、one、ove：/ʌ/

come 來	some 一些	done 完成的	one 一
love 愛	glove 手套		

②oa：/o/

boat 小船	boast 自誇	board 公告牌	coat 外套
coast 海岸	coach 教練	coal 煤	cloak 披風
float 漂浮	goat 山羊	goal 球門	foam 泡沫
loan 貸款	oat 燕麥	oak 橡樹	road 道路
roast 烘烤	soar 飛翔	soak 浸泡	soap 肥皂
throat 喉嚨	toast 敬酒	moan 呻吟聲	bloat 自負

③o尾：/o/

also 也	auto 汽車	bravo 喝采聲	echo 回聲
radio 收音機	ego 自大；自我	logo 商標	piano 鋼琴
potato 洋芋	studio 攝影棚	portfolio 公事包	ratio 比率
taro 芋頭	tempo 拍子	buffalo 水牛	tomato 番茄
tobacco 煙草	tornado 龍捲風	volcano 火山	zero 零

❹ /ɔr/短母音

條件：<u>or</u>在單字的重音節（單音節的單字也屬於重音節）

c<u>or</u>d 絃	c<u>or</u>n 玉米	c<u>or</u>k 軟木塞	c<u>or</u>ner 角落
c<u>or</u>porate 法人組織的	acc<u>or</u>d 使調和	f<u>or</u>m 形式	f<u>or</u>mer 前任的
f<u>or</u>mat 格式	h<u>or</u>se 馬	l<u>or</u>d 君主	t<u>or</u>ch 火把
rec<u>or</u>d 錄音	s<u>or</u>ry 遺憾	s<u>or</u>t 種類	s<u>or</u>cery 巫術
s<u>or</u>row 悲哀	t<u>or</u>ment 苦惱	st<u>or</u>m 暴風雨	<u>or</u>der 順序

⚠️ 例外 w<u>or</u>：/ɜ/

w<u>or</u>d 文字	w<u>or</u>k 工作	w<u>or</u>m 蟲	w<u>or</u>ld 世界
w<u>or</u>se 比較差的	w<u>or</u>th 值得的	w<u>or</u>ship 崇拜	w<u>or</u>ry 擔憂
w<u>or</u>n 磨破的	w<u>or</u>st 最差的		

05 /ə/短母音

MP3-047

條件：or在單字的輕音節

actor 男演員	author 作者	bachelor 單身漢	calculator 計算機
elevator 電梯	escalator 電扶梯	endeavor 努力	favor 恩惠
harbor 港口	humor 幽默	labor 勞工	sailor 水手
neighbor 鄰居	behavior 行為	ancestor 祖先	splendor 壯麗
glamor 魔法	editor 編輯	generator 發電機	inspector 稽查員

06 /u/長母音

條件：<u>oo</u>

bamb<u>oo</u> 竹子	bl<u>oo</u>m 開花	c<u>oo</u>l 冷涼的	ch<u>oo</u>se 選擇
cart<u>oo</u>n 卡通	s<u>oo</u>n 不久	g<u>oo</u>se 鵝	br<u>oo</u>m 掃把
gr<u>oo</u>m 新郎	l<u>oo</u>se 鬆開的	lag<u>oo</u>n 潟湖	m<u>oo</u>n 月亮
n<u>oo</u>n 正午	p<u>oo</u>l 水池	pr<u>oo</u>f 證據	sh<u>oo</u>t 發射
sm<u>oo</u>th 平滑	sp<u>oo</u>n 湯匙	sc<u>oo</u>p 大匙	t<u>oo</u>l 工具
t<u>oo</u>th 牙齒	typh<u>oo</u>n 颱風	f<u>oo</u>l 呆子	tatt<u>oo</u> 刺青

！例外 <u>oo</u>k、<u>oo</u>d：/ʊ/

br<u>oo</u>k 小河	b<u>oo</u>k 書	c<u>oo</u>k 煮	h<u>oo</u>k 勾子
l<u>oo</u>k 看	t<u>oo</u>k 拿	st<u>oo</u>d 站立	w<u>oo</u>d 木材
g<u>oo</u>d 好的	h<u>oo</u>d 燈罩		

！例外 <u>oo</u>r：/o/

d<u>oo</u>r 門	fl<u>oo</u>r 地板

1.f<u>o</u>x

2.ph<u>o</u>ne

3.auth<u>or</u>

4.m<u>o</u>ther

5.sc<u>o</u>re

6.bl<u>oo</u>m

7.l<u>o</u>cker

8.sp<u>oo</u>n

9.d<u>o</u>ne

10.c<u>or</u>n

11.sn<u>o</u>re

12.mel<u>o</u>n

13.elevat<u>or</u>

14.buffal<u>o</u>

15.gr<u>oo</u>m

16.t<u>or</u>ch

17.temp<u>o</u>

18.c<u>o</u>py

19.welc<u>o</u>me

20.volcan<u>o</u>

牛刀小試解答

MP3-049

1.f<u>o</u>x
/ɑ/

2.ph<u>o</u>ne
/o/

3.auth<u>or</u>
/ɚ/

4.m<u>o</u>ther
/ɑ/

5.sc<u>o</u>re
/o/

6.bl<u>oo</u>m
/u/

7.l<u>o</u>cker
/ɑ/

8.sp<u>oo</u>n
/u/

9.d<u>o</u>ne
/ʌ/

10.c<u>or</u>n
/ɔr/

11.sn<u>o</u>re
/o/

12.mel<u>o</u>n
/ə/

13.elevat<u>or</u>
/ɚ/

14.buffal<u>o</u>
/o/

15.gr<u>oo</u>m
/u/

16.t<u>or</u>ch
/ɔr/

17.temp<u>o</u>
/o/

18.c<u>o</u>py
/ɑ/

19.welc<u>o</u>me
/ʌ/

20.volcan<u>o</u>
/o/

⑤ 字母U

　　字母U有可能發出的音有短母音/ʌ/、/ə/、/ɜ/、/ɚ/和長母音
/ju/，分述如下：

① /ʌ/短母音
MP3-050

條件：u在單字的重音節（單音節的單字也屬於重音節）

adult 成年人	bus 巴士	bucket 籃子	cup 杯子
duck 鴨子	drum 鼓	fun 快樂	gum 牙齦
hut 小屋	judge 法官	mud 泥巴	nut 堅果
plum 梅子	public 公開的	ugly 醜的	run 跑
sun 太陽	suck 吸吮	thumb 大拇指	us 我們
summer 夏天	supper 晚餐	lullaby 催眠曲	lucky 幸運的

02 /ə/短母音

條件：u在單字的輕音節，但不在字首

August 八月	autumn 秋天	bonus 紅利	campus 校區
focus 焦點	lotus 蓮花	minus 減掉	success 成功
suspect 懷疑	supply 供給	supreme 最高的	support 支持
suppose 猜想	surround 環繞	surrender 投降	suppress 鎮壓
subtract 扣除	suggestion 提議	submit 委託	subscribe 訂購

!) 例外 u在單字的輕音節，而且在字首：/ʌ/

umbrella 雨傘	unable 不能	unadopted 未被採納的	unbelievable 難以置信的
uncertain 不確定的	unchain 解放	undertake 承擔	undo 取消
unfair 不公平的	unfold 展開	unforgettable 難忘的	unreason 無理性
unreal 虛構的	unsure 不肯定的	unusual 怪異的	unveil 揭露
update 使更新	upgrade 升級	upset 攪亂	unknown 未知的

03 /ju/長母音（**U字母的讀音**）

MP3-052

條件：u＋子音＋e尾

abuse 濫用	accuse 控訴	amuse 取悅	confuse 使困惑
cute 可愛的	cube 立方體	dune 沙丘	excuse 原諒
fuse 保險絲	huge 巨大的	muse 冥想	refuse 拒絕
tube 管子	use 使用	Hugo 雨果	refuge 避難所

! 例外 （/l/、/r/）＋u＋子音＋e尾：/u/

flute 長笛	plume 羽毛	salute 行禮	brute 殘忍的
crude 粗糙的	prune 修剪	rule 法則	

! 例外 ure：/u/

cure 治癒	endure 忍受	mature 成熟的	pure 純淨的
secure 安心的			

❹ /ɜ/短母音

條件：<u>ur</u>在單字的重音節（單音節的單字也屬於重音節）

b<u>ur</u>n 燃燒	c<u>ur</u>b 路邊石	c<u>ur</u>few 戒嚴	c<u>ur</u>ly 捲曲的
c<u>ur</u>rent 當前的	c<u>ur</u>se 詛咒	c<u>ur</u>tain 窗簾	c<u>ur</u>ve 彎曲
f<u>ur</u> 毛皮	h<u>ur</u>t 傷害	n<u>ur</u>se 護理師	p<u>ur</u>se 小錢包
s<u>ur</u>f 衝浪	s<u>ur</u>face 表面	s<u>ur</u>tax 附加稅	s<u>ur</u>plus 盈餘
s<u>ur</u>name 姓氏；別名	s<u>ur</u>geon 外科醫師	<u>ur</u>ban 都市的	s<u>ur</u>gery 外科手術
t<u>ur</u>key 火雞	b<u>ur</u>st 爆發	f<u>ur</u>niture 傢俱	h<u>ur</u>ry 匆忙

！例外 ur＋母音：/ ju/

b<u>ur</u>eau 局；處	c<u>ur</u>ious 好奇的	f<u>ur</u>y 激怒	p<u>ur</u>ify 淨化
sec<u>ur</u>ity 平安			

ⓞ⑤ /ɚ/短母音

條件：<u>ur</u>在單字的輕音節

s<u>ur</u>pass 優於	s<u>ur</u>prise 使驚嚇	s<u>ur</u>vey 調查	s<u>ur</u>vive 活下來
s<u>ur</u>mount 克服	Sat<u>ur</u>day 週六	p<u>ur</u>sue 追求	p<u>ur</u>suer 追求者
pleas<u>ure</u> 快樂	treas<u>ure</u> 寶藏	leis<u>ure</u> 空閒	meas<u>ure</u> 測量

！例外 <u>ur</u>r＋母音：/ə/

c<u>ur</u>riculum 課程	s<u>ur</u>round 環繞	s<u>ur</u>render 投降

1.ad<u>u</u>lt   2.Aug<u>u</u>st   3.conf<u>u</u>se   4.p<u>ur</u>se

5.s<u>ur</u>prise   6.l<u>u</u>llaby   7.exc<u>u</u>se   8.foc<u>u</u>s

9.s<u>u</u>pper   10.n<u>ur</u>se   11.th<u>u</u>mb   12.<u>u</u>niform

13.bon<u>u</u>s   14.<u>u</u>mbrella   15.s<u>ur</u>gery   16.<u>u</u>ndo

17.<u>u</u>nique   18.s<u>ur</u>vey   19.f<u>ur</u>niture   20.<u>u</u>nfair

牛刀小試解答   MP3-055

| 1.ad<u>u</u>lt | 2.Aug<u>u</u>st | 3.conf<u>u</u>se | 4.p<u>ur</u>se |
| /ʌ/ | /ə/ | /ju/ | /ɜ/ |

| 5.s<u>ur</u>prise | 6.l<u>u</u>llaby | 7.exc<u>u</u>se | 8.foc<u>u</u>s |
| /ɚ/ | /ʌ/ | /ju/ | /ə/ |

| 9.s<u>u</u>pper | 10.n<u>ur</u>se | 11.th<u>u</u>mb | 12.<u>u</u>niform |
| /ʌ/ | /ɜ/ | /ʌ/ | /ju/ |

| 13.bon<u>u</u>s | 14.<u>u</u>mbrella | 15.s<u>ur</u>gery | 16.<u>u</u>ndo |
| /ə/ | /ʌ/ | /ɜ/ | /ʌ/ |

| 17.<u>u</u>nique | 18.s<u>ur</u>vey | 19.f<u>ur</u>niture | 20.<u>u</u>nfair |
| /ju/ | /ɚ/ | /ɜ/ | /ʌ/ |

當字母Y在字首時是子音/j/，在其他位置時則是母音。有可能發出的音有短母音/ɪ/和長母音/aɪ/，分述如下：

01 /aɪ/長母音

`MP3-056`

條件：非字首的y在單字的重音節（單音節的單字也屬於重音節）

my 我的	buy 購買	cry 哭泣	fly 飛翔
sky 天空	deny 否認	July 七月	supply 供應
ally 結盟	by 在側邊	dry 乾的	fry 煎；炸；炒

! 例外 ay尾：/e/

bay 海灣	day 白天	gay 男同性戀	pay 付錢
may 可能	ray 光線	say 說	clay 黏土
today 今天	stay 留宿		

! 例外 oy尾：/ɪ/

boy 男孩	joy 喜悅	toy 玩具	enjoy 欣賞
employ 雇用	annoy 打擾	soy 醬油	

02 /ɪ/短母音

MP3-057

條件：子音＋y尾在單字的輕音節（但是目前此/ɪ/已有唸成/i/的趨勢）

body 身體	busy 忙碌	cabby 計程車司機	candy 糖果
dirty 骯髒的	baby 嬰孩	colony 殖民地	comedy 喜劇
company 公司	misty 霧的	barely 僅	controversy 爭論
fancy 幻想	family 家庭	ninety 九十	morality 道德
penny 便士（幣值）	penalty 處罰	foggy 模糊的	mutiny 暴動

！例外 fy尾：/aɪ/

justify 正當化	modify 變更	notify 通知	simplify 簡化
specify 指定			

03 /aɪ/長母音

MP3-058

條件：非字首的y＋子音＋e尾

type 類型	style 風格	rhyme 押韻	cycle 週期

牛刀小試 標出底線字母的音標，並試著唸唸看吧！

1.July
2.enjoy
3.stay
4.style

5.simplify
6.fancy
7.supply
8.family

9.company
10.deny

 牛刀小試解答

MP3-059

1.July
/aɪ/
2.enjoy
/ɪ/
3.stay
/e/
4.style
/aɪ/

5.simplify
/aɪ/
6.fancy
/ɪ/
7.supply
/aɪ/
8.family
/ɪ/

9.company
/ɪ/
10.deny
/aɪ/

⑦ 母音字母的自然發音彙整

〈表一〉母音字母的前三項自然發音彙整

字母	位置	音標	範例字	位置	音標	範例字
a	重音節	/æ/	apple 蘋果 happy 快樂 thanks 多謝	輕音節	/ə/	agree 同意 allow 允許 panda 熊貓
e		/ɛ/	enter 進入 lesson 教訓 bet 打賭		/ə/	seven 七 listen 傾聽 open 打開
i		/ɪ/	little 少許 dinner 晚餐 it 它		/ə/	capital 資本的 possible 可能的 family 家庭
o		/ɑ/	copy 影印 hobby 嗜好 hot 熱的		/ə/	melon 甜瓜 onion 洋蔥 today 今天
u		/ʌ/	summer 夏天 adult 成年人 bus 巴士		/ə/	bonus 紅利 lotus 蓮花 focus 焦點
y		/aɪ/	ally 結盟 deny 否定 July 七月		/ɪ/	body 身體 baby 嬰兒 candy 糖果

位置	音標	範例字
母音（a、e、i、o、u、y）＋子音＋e尾	/e/	bake 烘焙 game 遊戲 male 雄性的
	/i/	believe 相信 grieve 悲傷 gene 基因
	/aɪ/	bike 腳踏車 polite 有禮的 bride 新娘
	/o/	stroke 划法 phone 電話 snore 打鼾
	/ju/	cute 可愛的 cube 立方體 confuse 困惑
	/aɪ/	rhyme 押韻 style 風格 type 類型

〈表二〉母音字母的第四、第五項自然發音彙整

字母	位置	音標	範例字	位置	音標	範例字
<u>ar</u>	重音節	/ɑr/	<u>ar</u>my 軍隊 <u>ar</u>gue 爭辯 c<u>ar</u>pet 地毯 t<u>ar</u>get 目標	輕音節	/ə/	doll<u>ar</u> 元 sug<u>ar</u> 糖 pill<u>ar</u> 柱子 cow<u>ar</u>d 懦夫
<u>er</u>		/ɝ/	pref<u>er</u> 偏愛 conc<u>er</u>n 擔心 h<u>er</u>b 植物 m<u>er</u>ge 合併		/ɚ/	work<u>er</u> 工人 show<u>er</u> 陣雨 pow<u>er</u> 力量 driv<u>er</u> 駕駛人
<u>ir</u>		/ɝ/	d<u>ir</u>ty 髒的 th<u>ir</u>sty 口渴 sh<u>ir</u>t 襯衫 b<u>ir</u>th 出生		/ɪ/	<u>ir</u>regular 異常的 <u>ir</u>rational 不合理的 <u>ir</u>ritation 激怒 <u>ir</u>religion 反宗教
<u>or</u>		/ɔr/	acc<u>or</u>d 調和 c<u>or</u>n 玉米 c<u>or</u>ner 角落 <u>or</u>der 順序		/ɚ/	lab<u>or</u> 勞工 auth<u>or</u> 作者 harb<u>or</u> 港口 hum<u>or</u> 幽默
<u>ur</u>		/ɝ/	t<u>ur</u>key 火雞 p<u>ur</u>ple 紫色的 n<u>ur</u>se 護士 p<u>ur</u>se 小錢包		/ɚ/	s<u>ur</u>vey 調查 s<u>ur</u>vive 倖存 s<u>ur</u>prise 驚訝的 s<u>ur</u>pass 凌駕

〈表三〉一個音節裡只有一個母音字母或有兩個相同的母音字母，通常不會唸該母音字母的讀音。

chat 聊天
/æ/

bad 不好的
/æ/

bell 鐘
/ɛ/

pet 寵物
/ɛ/

fall 掉落
/ɔ/

tall 高的
/ɔ/

hot 熱的
/ɑ/

pot 深底鍋
/ɑ/

bus 巴士
/ʌ/

sun 太陽
/ʌ/

too 也
/u/

food 食物
/u/

pool 水坑
/u/

cook 烹煮
/ʊ/

book 書本
/ʊ/

good 好的
/ʊ/

spoon 湯匙
/u/

bloom 開花
/u/

typhoon 颱風
/u/

tattoo 刺青
/u/

! 例外 ee：/i/

bee 蜜蜂
/i/

fee 費用
/i/

see 看
/i/

deep 深的
/i/

tree 樹
/i/

freeze 凍結
/i/

breeze 微風
/i/

knee 膝蓋
/i/

〈表四〉一個音節裡有兩個相連而不同的母音字母，通常會唸第一個母音字母的讀音。

rain 下雨
/e/

wait 等待
/e/

remain 停留
/e/

afraid 害怕的
/e/

approach 接近
/o/

boat 小舟
/o/

cries 哭泣
/aɪ/

eager 渴望的
/i/

appeal 懇求
/i/

repeat 重複
/i/

meat 肉
/i/

beat 拍打
/i/

read 閱讀
/i/

cream 乳液
/i/

teach 教導
/i/

deal 交易
/i/

loan 貸款
/o/

mail 郵件
/e/

soak 浸泡
/o/

soap 肥皂
/o/

子音的自然發音規則

1 破裂音

2 摩擦音

3 破擦音、鼻音、邊音、半母音、音節子音

4 子音的自然發音彙整

1 破裂音

破裂音有無聲子音/p/、/t/、/k/和有聲子音/b/、/d/、/g/共六種，分述如下：

01 /p/無聲子音

MP3-060

條件：字母p

cap 鴨舌帽	hip 屁股	hop 搖擺	pea 豌豆
pay 付款	pan 平底鍋	pie 派餡餅	put 放
park 公園	pear 西洋梨	peach 桃子	peace 和平
puppy 小狗	post 郵局	supper 晚餐	soup 湯
shop 店家	stamp 郵票	tape 膠帶	camp 露營

⚠ 例外 pn首（p不發音）

pneumonia	pneumatics
肺炎	氣體學

⚠ 例外 ps首（p不發音）

psalm	pseudo	pseudoscope	psychology
聖詩	假的	反影鏡	心理學

! 例外 p<u>t</u>首（p不發音）

p<u>t</u>armigan	p<u>t</u>erosaur	p<u>t</u>eridology
岩雷鳥	翼手龍	羊齒植物學

02 /b/有聲子音

`MP3-061`

條件：字母b

<u>b</u>ag	<u>b</u>ack	<u>b</u>ear	<u>b</u>all
包包	後面的	熊	球

<u>b</u>oy	<u>b</u>oard	<u>b</u>oat	<u>b</u>urn
男孩	板子	小舟	燃燒

<u>b</u>ook	ca<u>b</u>	ro<u>b</u>	<u>b</u>ubble
書本	計程車	搶劫	氣泡

<u>b</u>utter	<u>b</u>other	<u>b</u>ody	<u>b</u>aby
奶油	打擾	身體	嬰兒

! 例外 m<u>b</u>尾（b不發音）

bom<u>b</u>	com<u>b</u>	clim<u>b</u>	lam<u>b</u>
炸彈	刷子	攀登	小羊

thum<u>b</u>			
大拇指			

! 例外 <u>b</u>t尾（b不發音）

de<u>b</u>t	dou<u>b</u>t
貸款	疑慮

❸ /t/ 無聲子音

條件：字母t

t<u>i</u>p 小費	t<u>ry</u> 嘗試	t<u>e</u>am 團隊	t<u>i</u>ger 老虎
be<u>t</u> 打賭	le<u>t</u> 允許	bel<u>t</u> 皮帶	hos<u>t</u> 主人
hi<u>t</u> 夯	bea<u>t</u> 跳動	fee<u>t</u> 足部	fas<u>t</u> 快速的
ma<u>t</u>e 伙伴	ne<u>t</u> 網	nea<u>t</u> 整潔的	limi<u>t</u> 極限
carro<u>t</u> 紅蘿蔔	spo<u>t</u> 斑點	pho<u>t</u>o 相片	par<u>t</u> 部分

❗例外 ten尾（t不發音〔美式發音〕）

fas<u>t</u>en 栓緊	has<u>t</u>en 催促	lis<u>t</u>en 傾聽	of<u>t</u>en 常常
writ<u>t</u>en 寫	ea<u>t</u>en 吃	bea<u>t</u>en 筋疲力竭的	kit<u>t</u>en 小貓

❗例外 ton尾（t不發音〔美式發音〕）

but<u>t</u>on 鈕扣	cot<u>t</u>on 棉花	skele<u>t</u>on 骨架

❗例外 tle尾（t不發音〔美式發音〕）

cas<u>t</u>le 城堡	whis<u>t</u>le 吹口哨	rus<u>t</u>le 沙沙聲	lit<u>t</u>le 一點點

04 /d/有聲子音

條件：字母d

d<u>i</u>p 沾一下	be<u>d</u> 床鋪	<u>d</u>og 狗	<u>d</u>oor 門
<u>d</u>rive 開車	<u>d</u>rink 飲用	<u>d</u>uck 鴨子	col<u>d</u> 冷的
wor<u>d</u> 文字	woo<u>d</u> 木頭	spee<u>d</u> 速度	ra<u>d</u>io 收音機
vi<u>d</u>eo 影片	yar<u>d</u> 院子	foo<u>d</u> 食物	fee<u>d</u> 餵食
han<u>d</u>le 把手	mo<u>d</u>el 模特兒	pa<u>d</u> 墊子	pad<u>d</u>le 船槳

！例外 不發音的d

han<u>d</u>some 英俊的	han<u>d</u>kerchief 手帕	lan<u>d</u>scape 景色	We<u>d</u>nesday 星期三

05 /k/ 無聲子音

條件：①字母k②字母c③字母q

①字母k：/k/

ke**y**	ki**d**	ba**k**e	la**k**e
鑰匙	小孩	烘烤	湖
pac**k**	**k**ic**k**	cloc**k**	loo**k**
包裹	踢	鐘	看

! **例外** **k**n首（k不發音）

knee	**k**nife	**k**night	**k**nock
膝蓋	刀子	騎士	敲
know	**k**nit	**k**nowledge	
知道	編織	知識	

②字母c：/k/

cat	**c**ap	**c**op	**c**up
貓	鴨舌帽	警察	杯子
cut	**c**ake	**c**oat	**c**ute
砍；切	蛋糕	外套	可愛的
class	**c**lose	**c**lap	**c**ry
班級	關閉	拍手	哭
musi**c**	qui**c**k	pi**c**ni**c**	**c**lean
音樂	快速的	野餐	乾淨的

! 例外 「ce、ci、cy」（＋子音）：/s/

ice 冰塊	rice 米飯	price 價格	peace 和平
cell 細胞	city 城市	circle 環繞	accident 意外
pencil 鉛筆	cycle 週期	bicycle 自行車	fancy 精緻的
spicy 辛辣的			

! 例外 「ce、ci」＋母音：/ʃ/

ocean 海洋	social 社交的	musician 音樂家	magician 魔術師
technician 專家	physician 內科醫生	politician 政治家	electrician 電工技師
delicious 可口的			

③字母q：/k/

queen 皇后	equal 相等	quite 相當；完全	liquid 液體
quiet 安靜的	quality 品質	quick 快速的	quit 終止
question 問題	squash 壓扁	quarter 四分之一	quotation 報價

06 /g/有聲子音

條件：字母g

game	gap	gate	gas
遊戲	間隙	大門	瓦斯

goat	god	gum	guess
山羊	神	膠	推測

great	green	ground	glove
偉大的	綠色的	地面	手套

flag	jog	glad	golden
旗幟	慢跑	高興的	金的

！例外 ge、gi、gy：/dʒ/

gene	gem	gender	gentle
基因	寶石	性別	溫和的

general	giant	gibber	gigantic
一般的	巨人	胡扯	巨大的

ginger	giraffe	gym	Gypsy
薑	長頸鹿	健身房	吉普賽人

gyroplane	gyroscope		
旋翼機	迴轉儀		

!例外 gn（g不發音）

sign	design	foreign	champagne
標誌	設計	外來的	香檳

gnash	reign	resign	
咬牙切齒	統治期間	辭職	

!例外 ght（gh不發音）

bought	caught	fought	ought
買	抓住	打架	應當是

might	light	daughter	
可能	光線	女兒	

1.com**b**　　2.of**t**en　　3.We**d**nesday　　4.pen**c**il

5.han**d**some　　6.**g**olden　　7.**g**ender　　8.dou**b**t

9.lis**t**en　　10.thum**b**　　11.bi**c**ycle　　12.whis**t**le

13.**k**nife　　14.dau**gh**ter　　15.de**s**ign　　16.**q**uotation

17.lan**d**scape　　18.**k**nowledge　　19.**k**nee　　20.deli**c**ious

牛刀小試解答

MP3-066

1.com**b**	2.of**t**en	3.We**d**nesday	4.pen**c**il
x	x	x	/s/
5.han**d**some	6.**g**olden	7.**g**ender	8.dou**b**t
x	/g/	/dʒ/	x
9.lis**t**en	10.thum**b**	11.bi**c**ycle	12.whis**t**le
x	x	/s/	x
13.**k**nife	14.dau**gh**ter	15.de**s**ign	16.**q**uotation
x	x	x	/k/
17.lan**d**scape	18.**k**nowledge	19.**k**nee	20.deli**c**ious
x	x	x	/ʃ/

② 摩擦音

摩擦音有無聲子音/h/、/s/、/θ/、/f/、/ʃ/和有聲子音/hw/、/z/、/ð/、/v/、/ʒ/共十種，分述如下：

❶ /h/無聲子音

MP3-067

條件：字母h

h̲ip 屁股	h̲op 搖擺	h̲am 火腿	h̲en 母雞
h̲all 大廳	h̲air 毛髮	h̲ead 頭部	h̲eart 心臟
h̲orse 馬匹	h̲ot 熱的	h̲ut 小屋	h̲ome 家
h̲eavy 沉重的	h̲abit 習慣	h̲at 有邊帽	h̲ungry 餓的

! 例外 rh̲（h不發音）

rh̲yme 押韻	rh̲ythm 節奏	rh̲etoric 修辭學	diarrh̲ea 痢疾

! 例外 kh̲（h不發音）

kh̲aki 卡其布料	kh̲an 可汗	kh̲i 希臘文字 χ 的讀音

！例外 exh（h不發音）

exhaust	exhibit	exhort
耗盡	展示品	告誡

！例外 其他不發音的h

honest	ghost	hour	honor
誠實的	鬼	小時	榮譽

❷ /hw/有聲子音

MP3-068

條件：wh首（美式發音則是/w/）

what	when	where	while
什麼	何時	何處	一會兒

which	why	whale	white
哪一個	為什麼	鯨魚	白色的

！例外 who（w不發音）

who	whole	wholesaler
誰	所有的	批發商

03 /s/無聲子音

MP3-069

條件：①字母s②無聲子音＋s尾③<u>ce</u>、<u>ci</u>、<u>cy</u>（＋子音）

　　　④非「e、i、o、u」的字母＋<u>se</u>尾

①字母s：/s/

<u>s</u>leep 睡覺	<u>s</u>mart 聰明的	<u>s</u>now 下雪	<u>s</u>poon 湯匙
<u>s</u>ample 樣本	<u>s</u>imple 簡單的	ne<u>s</u>t 巢	re<u>s</u>t 休息
dre<u>ss</u> 洋裝	pre<u>ss</u> 按壓	<u>s</u>ize 尺寸	<u>s</u>tar 星星

！例外 i<u>s</u>l（s不發音）

i<u>s</u>le 小島	ai<u>s</u>le 走道	i<u>s</u>land 海島

②無聲子音＋<u>s</u>尾：/s/

ant<u>s</u> 螞蟻	bat<u>s</u> 球棒	boot<u>s</u> 長統靴	chip<u>s</u> 晶片
cup<u>s</u> 杯子	short<u>s</u> 短褲	stop<u>s</u> 停止	roof<u>s</u> 屋頂
park<u>s</u> 公園	student<u>s</u> 學生	dot<u>s</u> 點	put<u>s</u> 擺放

③「<u>ce</u>、<u>ci</u>、<u>cy</u>」（＋子音）：/s/

i<u>ce</u> 冰	ri<u>ce</u> 米飯	mi<u>ce</u> 老鼠（複數）	nie<u>ce</u> 姪女
fa<u>ce</u> 臉	la<u>ce</u> 絲帶	jui<u>ce</u> 果汁	pri<u>ce</u> 價格
<u>ci</u>ty 城市	<u>ci</u>gar 雪茄	fan<u>cy</u> 精緻的	pen<u>ci</u>l 鉛筆
<u>ci</u>rcle 圓圈	spi<u>cy</u> 辣的	bi<u>cy</u>cle 自行車	<u>cy</u>cle 週期

! 例外「<u>ce</u>、<u>ci</u>」＋母音：/ʃ/

o<u>ce</u>an 海洋	so<u>ci</u>al 社交的	musi<u>ci</u>an 音樂家	magi<u>ci</u>an 魔術師
techni<u>ci</u>an 技師	physi<u>ci</u>an 內科醫生	politi<u>ci</u>an 政客	electri<u>ci</u>an 電工技師
deli<u>ci</u>ous 可口的			

④非「e、i、o、u」的字母＋<u>se</u>尾：/s/

ba<u>se</u> 基礎	ca<u>se</u> 盒子	cha<u>se</u> 追求	va<u>se</u> 花瓶
cea<u>se</u> 停止	decea<u>se</u> 死亡	lea<u>se</u> 租約	relea<u>se</u> 解放
era<u>se</u> 擦掉	el<u>se</u> 其它的	nur<u>se</u> 護理師	pur<u>se</u> 小錢包
cour<u>se</u> 課程	inten<u>se</u> 緊張的	fal<u>se</u> 假的	hor<u>se</u> 馬匹

！例外 非「e、i、o、u」的字母＋<u>se</u>尾：/z/

ea<u>se</u> 安逸	disea<u>se</u> 疾病	plea<u>se</u> 請	pha<u>se</u> 階段
tea<u>se</u> 戲弄			

04 /z/有聲子音

條件：①字母z②「母音、有聲子音」＋s尾③es尾
④「e、i、o、u」＋se尾⑤母音＋s＋母音

①字母z：/z/

zero	zebra	zeal	zipper
零	斑馬	熱心	拉鏈
size	prize	gaze	zoo
尺寸	獎品	凝視	動物園

②「母音、有聲子音」＋s尾：/z/

boys	cabs	chairs	legs
男童	計程車	椅子	腳
pens	bamboos	jeans	noodles
筆	竹子	牛仔褲	麵
clouds	eyes	scissors	pliers
雲	眼睛	剪刀	扳手

! 例外 us尾：/s/

bonus	campus	curious	focus
紅利	校園	好奇的	焦點
lotus	minus	fabulous	nervous
蓮花	負數	極好的	焦慮的
prosperous			
繁榮的			

③es尾：/z/

boxes 盒子	axes 斧頭	buses 巴士	brushes 毛刷
dishes 盤子	buzzes 吵鬧聲	churches 教堂	misses 想念
oranges 柑橘	quizzes 隨堂考	touches 觸摸	washes 清洗
watches 手錶	heroes 英雄	zeroes 零	potatoes 馬鈴薯

④「e、i、o、u」＋se尾：/z/

abuse 濫用	accuse 控告	amuse 取悅	advise 忠告
arise 起來	blouse 罩衫	cheese 乳酪	Chinese 中文
cause 起因	confuse 困惑	excuse 原諒	hose 水管
fuse 保險絲	nose 鼻子	pause 暫停	rose 玫瑰
raise 撫養	refuse 拒絕	these 這些	those 那些
pose 姿勢	wise 聰明的	praise 讚美	spouse 配偶

！例外 「e、i、o、u」＋se尾：/s/

goose 鵝	house 房子	loose 鬆弛的	louse 蝨子
mouse 老鼠	promise 允諾	use 使用	dose 劑量
precise 精準的	premise 前提	geese 鵝（複數）	

⑤母音＋s＋母音：/z/

busy 忙碌的	easy 簡單的	deposit 儲存	music 音樂
prison 牢獄	pleasant 快樂的	reason 理由	resemble 相似的
reserve 預訂	resist 抵抗	result 成果	resign 辭職

05 /θ/無聲子音

條件：th尾及多數th首

bath 洗澡	breath 呼吸	birth 出生	cloth 布料
earth 地球	mouth 口	thank 感謝	think 思考
thick 厚的	theme 主題	three 三	thread 線
tooth 牙齒	worth 值得	thumb 大拇指	theater 劇院
thief 小偷	theory 理論	thrill 毛骨悚然	throat 喉嚨
throne 王位	throw 投擲	thunder 雷聲	thousand 千
thursday 星期四	through 通過	thermos 熱水瓶	thesis 論文

06 /ð/有聲子音

條件：<u>the</u>及少數<u>th</u>首

ba<u>the</u> 沐浴	brea<u>the</u> 呼吸	clo<u>the</u> 穿衣	clo<u>thi</u>ng 衣服
bro<u>the</u>r 兄弟	fa<u>the</u>r 父親	<u>th</u>at 那個	<u>th</u>an 比較
<u>the</u>y 他們	<u>the</u>re 那兒	<u>the</u>se 這些	<u>th</u>is 這個
<u>th</u>ose 那些	wor<u>thy</u> 值得的	<u>th</u>us 因此	<u>th</u>ough 雖然

⑦ /f/ 無聲子音

條件：①字母f ②ph ③gh尾

①字母f：/f/

f̲an 風扇	f̲ancy 精緻的	f̲ace 臉	f̲ar 遠的
f̲arm 農村	f̲at 肥胖的	few 少許	f̲ish 魚
f̲inger 手指頭	f̲lower 花朵	f̲ruit 水果	fun 樂趣
beef̲ 牛肉	deaf̲ 聾的	gift 禮物	wife 老婆
life 生命	leaf̲ 葉子	f̲ly 飛翔	f̲low 流動

②ph：/f/

elep̲hant 象	nep̲hew 姪兒	p̲hone 電話	p̲hoto 相片
typ̲hoon 颱風	p̲hrase 片語	hyp̲hen 連字號	p̲hysics 物理學
orp̲han 孤兒	dolp̲hin 海豚	p̲hysician 內科醫生	triump̲h 勝利

③gh尾：/f/

cough	enough	laugh	rough
咳嗽	足夠的	笑	不平的

tough
強硬的

!)例外 ght（gh不發音）

night	thought	daughter	light
夜晚	想法	女兒	光線
might	bought	right	tight
可能	購買	正確的	堅固的
caught	weight	bright	slight
捕捉	重量	明亮的	少許的

08 /v/有聲子音

條件：字母v

van 箱型車	vase 花瓶	vest 背心	very 非常
vine 藤蔓	view 景觀	visit 拜訪	video 影片
voice 聲音	wave 波浪	leave 離開	have 有

09 /ʃ/無聲子音

條件：①sh②ti＋母音③「ce、ci」＋母音
④子音＋sion尾⑤子音＋sure尾

①sh：/ʃ/

cash 現金	dish 盤子	fish 魚	shop 店家
shoes 鞋子	shoot 發射	sharp 尖銳的	ship 船
sheet 床單	should 應該	share 分享	shore 岸邊
show 展示	shake 搖動	wash 清洗	shower 陣雨

②<u>ti</u>＋母音：/ʃ/

ac<u>ti</u>on 行動	par<u>ti</u>al 部分的	addi<u>ti</u>on 添加物	poten<u>ti</u>al 有潛力的
func<u>ti</u>on 功能	ini<u>ti</u>al 首字母	evolu<u>ti</u>on 進化	influen<u>ti</u>al 有影響的
evoca<u>ti</u>on 喚起	na<u>ti</u>on 國家	essen<u>ti</u>al 本質的	opera<u>ti</u>on 操作
tui<u>ti</u>on 學費	pa<u>ti</u>ence 毅力	sta<u>ti</u>on 位置	quota<u>ti</u>on 報價

！ 例外 s＋<u>ti</u>on：/tʃ/

diges<u>ti</u>on 消化	ques<u>ti</u>on 問題	sugges<u>ti</u>on 建議

③「<u>ce</u>、<u>ci</u>」＋母音：/ʃ/

o<u>ce</u>an 海洋	so<u>ci</u>al 社交的	deli<u>ci</u>ous 美味的	magi<u>ci</u>an 魔術師
musi<u>ci</u>an 音樂家	physi<u>ci</u>an 內科醫生	politi<u>ci</u>an 政客	techni<u>ci</u>an 技師

④子音＋sion尾：/ʃ/

depression	discussion	admission	expression
蕭條	討論	認可	表情
profession	impression	mission	passion
職業	印象	任務	熱情
permission	pension	expansion	mansion
許可	養老年金	擴張	大廈

⑤子音＋sure尾：/ʃ/

assure	ensure	pressure
保證	確保	壓力

❿ /ʒ/有聲子音

條件：①母音＋<u>s</u>ion尾②母音＋<u>s</u>ure尾③母音＋<u>s</u>ual尾

①母音＋<u>s</u>ion尾：/ʒ/

emer<u>s</u>ion	deci<u>s</u>ion	divi<u>s</u>ion	illu<u>s</u>ion
浮現	決定	分隔	幻覺
occa<u>s</u>ion	persua<u>s</u>ion	confu<u>s</u>ion	conclu<u>s</u>ion
時機	說服力	困惑	結論
diffu<u>s</u>ion	exclu<u>s</u>ion	televi<u>s</u>ion	explo<u>s</u>ion
蔓延	排除	電視	爆炸

②母音＋<u>s</u>ure尾：/ʒ/

disclo<u>s</u>ure	lei<u>s</u>ure	mea<u>s</u>ure	plea<u>s</u>ure
敗露	空閒	測量	榮幸
trea<u>s</u>ure			
寶藏			

③母音＋<u>s</u>ual尾：/ʒ/

ca<u>s</u>ual	u<u>s</u>ual	vi<u>s</u>ual
非正式的	經常的	視覺上的

1.ex<u>h</u>ibit

2.dol<u>ph</u>in

3.jean<u>s</u>

4.<u>th</u>ese

5.tui<u>ti</u>on

6.fal<u>se</u>

7.televi<u>si</u>on

8.<u>h</u>onor

9.buse<u>s</u>

10.ques<u>ti</u>on

11.i<u>s</u>land

12.profe<u>ssi</u>on

13.brea<u>the</u>

14.chee<u>se</u>

15.lau<u>gh</u>

16.plea<u>s</u>ant

17.cha<u>se</u>

18.plea<u>s</u>ure

19.pre<u>ss</u>ure

20.ro<u>se</u>

牛刀小試解答

`MP3-077`

1.ex<u>h</u>ibit
x

2.dol<u>ph</u>in
/f/

3.jean<u>s</u>
/z/

4.<u>th</u>ese
/ð/

5.tui<u>ti</u>on
/ʃ/

6.fal<u>se</u>
/s/

7.televi<u>si</u>on
/ʒ/

8.<u>h</u>onor
x

9.buse<u>s</u>
/z/

10.ques<u>ti</u>on
/tʃ/

11.i<u>s</u>land
x

12.profe<u>ssi</u>on
/ʃ/

13.brea<u>the</u>
/ð/

14.chee<u>se</u>
/z/

15.lau<u>gh</u>
/f/

16.plea<u>s</u>ant
/z/

17.cha<u>se</u>
/s/

18.plea<u>s</u>ure
/ʒ/

19.pre<u>ss</u>ure
/ʃ/

20.ro<u>se</u>
/z/

③ 破擦音、鼻音、邊音、半母音、音節子音

（一）破擦音

破擦音有無聲子音/tʃ/和有聲子音/dʒ/兩種，分述如下：

❶ /tʃ/無聲子音

MP3-078

條件：①ch②tu

①ch：/tʃ/

beach 海灘	bench 長椅	cheap 便宜的	cheer 歡呼
cheese 乾酪	chest 胸部	check 檢查	chalk 粉筆
chair 椅子	teach 教導	watch 手錶	match 相配
church 教堂	champion 冠軍	choose 選擇	catch 趕上
chicken 雞	lunch 午餐	child 小孩	chief 領袖

!例外 ch：/k/

stomach 胃	ache 疼痛	headache 頭痛	chord 和弦
school 學校	scheme 計畫	Michael 麥可	chorus 合唱
chaos 混亂	echo 回聲	epoch 新時代	scholar 學者
character 角色	chemistry 化學	choir 唱詩班	Christmas 耶誕節

!例外 ch：/ʃ/（通常源自法文）

brochure 小冊子	chef 主廚	champagne 香檳	chic 帥的
Michigan 密西根	Michelle 蜜雪兒	chaise 二輪馬車	chandelier 枝狀吊燈

②tu：/tʃ/

nature 大自然	future 未來	picture 照片	furniture 傢俱
situation 情況	actual 實際的	gesture 手勢	lecture 講課
mixture 混合	natural 天然的	nurture 培育	spatula 小鏟

02 /dʒ/有聲子音

條件：①字母j ②ge、gi、gy

①字母j：/dʒ/

jam 果醬	jet 噴射機	jelly 果凍	joke 玩笑
join 參加	junk 垃圾	jump 跳	job 工作
jazz 爵士樂	major 主要的	enjoy 欣賞	jeans 牛仔褲

②ge、gi、gy：/dʒ/

bridge 橋樑	emergent 緊急的	fudge 奶油軟糖	gel 凝膠
gem 寶石	gene 基因	gender 性別	gentle 溫和的
general 一般的	edge 邊緣	large 大的	giant 巨人
giraffe 長頸鹿	ginger 薑	gigantic 巨大的	gym 健身房
Gypsy 吉普賽人	gyroplane 旋翼機	gyroscope 迴轉儀	gin 琴酒

garage	massage	mirage
車庫	按摩	海市蜃樓

!例外 gi：/g/

give	girl	gift	giggle
給予	女孩	禮物	格格地笑

（二）鼻音

鼻音有有聲子音/m/、/n/、/ŋ/三種，分述如下：

❶ /m/有聲子音

MP3-080

條件：字母m

①在母音前，字母m唸「摸」或「ㄇ」

man	may	map	make
男人	可能	地圖	做

milk	might	money	monkey
牛奶	可能	金錢	猴子

morning	mother	mango	mom
早晨	母親	芒果	媽媽

②在母音後，字母m唸「嗯」或「ㄣ」（要閉口）

beam	cream	dream	farm
光束	奶油	夢想	農村

gum	ham	mom	room
牙齦	火腿	媽媽	房間

swim	Tom	warm	worm
游泳	湯姆	溫暖的	蟲

❷ /n/有聲子音

條件：字母n

①在母音前，字母n唸「呢」或「ㄋ」

<u>n</u>ap	<u>n</u>et	<u>n</u>eck	<u>n</u>eed
午睡	網	頸部	需要

<u>n</u>ear	<u>n</u>ew	<u>n</u>ose	<u>n</u>oon
靠近	新的	鼻子	中午

<u>n</u>oodle	<u>n</u>ight	<u>n</u>od	<u>n</u>ot
麵條	晚上	點頭	不

②在母音後，字母n唸「嗯」或「ㄣ」（開口）

bea<u>n</u>	ca<u>n</u>	fa<u>n</u>	he<u>n</u>
豆莢	可以	風扇	母雞

lemo<u>n</u>	pla<u>n</u>	si<u>n</u>	su<u>n</u>
檸檬	計畫	罪過	太陽

moo<u>n</u>	so<u>n</u>	trai<u>n</u>	pa<u>n</u>
月亮	兒子	火車	淺平鍋

！例外 m<u>n</u>尾（n不發音）

autum<u>n</u>	colum<u>n</u>
秋天	支柱

03 /ŋ/有聲子音（鼻音比/n/更重）

條件：ng、nk

si**ng**	so**ng**	ki**ng**	lo**ng**
唱歌	歌曲	國王	長的
wi**ng**	ri**ng**	eveni**ng**	spri**ng**
翅膀	戒指	夜晚	春天
stro**ng**	ba**n**k	li**n**k	si**n**k
強壯的	銀行	環	下沉
ta**n**k	tha**n**k	i**n**k	pi**n**k
水槽	感謝	墨水	粉色的

（三）邊音

邊音有有聲子音/l/、/r/兩種，分述如下：

❶ /l/有聲子音

MP3-083

條件：字母l

①在母音前，字母l唸「了」或「ㄌ」

lake	law	lay	let
湖泊	法律	放置	讓

leg	left	like	life
腳	左邊	喜愛	生命

lion	light	play	look
獅子	光線	遊玩	看

lock	long	lot	link
鎖	長的	運氣	連結；環

②在母音後，字母l唸「歐」或「ㄡ」

bell	bowl	hell	mail
鈴	碗	地獄	郵件

nail	sail	sell	school
釘子	航行	販賣	學校

tail	tell	well	wall
尾巴	告訴	滿意地	牆壁

!例外 ould尾（l不發音）

could	should	would
可以	應該	將要

!例外 alf（l不發音）

calf	half	behalf
小牛	一半	代表

!例外 alk（l不發音）

chalk	walk	talk
粉筆	走路	談話

!例外 alm（l不發音）

calm	palm	almond	salmon
鎮定	手掌	杏仁	鮭魚

⓪2 /r/有聲子音

條件：字母r

①在母音前，字母r唸「惹」或「ㄖㄜˇ」

rain	rabbit	red	read
下雨	兔子	紅色	閱讀

repeat	rock	role	road
重複	岩石	角色	道路

rose	run	rule	rumor
玫瑰	跑	規則	謠言

②在母音後，字母r唸「兒」或「ㄦ」

air	bear	car	dear
空氣	熊	汽車	心愛的

ear	our	poor	pour
耳朵	我們的	可憐的	傾倒

sour	store	tear	star
酸的	店家	眼淚	星星

war	wear	year	park
戰爭	穿戴	年	公園

（四）半母音

半母音有有聲子音/j/、/w/兩種，分述如下：

❶ /j/有聲子音

MP3-085

條件：字首的y

yard 院子	**yawn** 打哈欠	**yacht** 遊艇	**yes** 是的
year 年	**yet** 依然	**you** 你	**yolk** 蛋黃
yesterday 昨天	**yell** 吼叫	**yellow** 黃色	**yeast** 酵母菌
youth 青年	**Yankee** 美國人	**yield** 產出	**yoga** 瑜珈

02 /w/有聲子音

條件：字母w

wall 牆壁	walk 走路	watch 看	way 道路
wear 穿戴	wet 濕的	we 我們	wide 寬的
wife 太太	wine 葡萄酒	work 工作	swan 天鵝
swim 游泳	world 世界	weak 虛弱	swap 交換

❗ 例外 wr首（w不發音）

wrap 包裝	wreath 花圈	wreck 船難	wrench 扳手
wrestle 摔角	wrinkle 皺紋	write 書寫	wrong 錯的
wrist 手腕			

❗ 例外 其他不發音的w

two 二	sword 刀劍	answer 回答	who 誰

（五）音節子音

音節子音有有聲子音/l̩/、/m̩/、/n̩/三種，這三種子音不需要和母音拼合，即可單獨成一音節。分述如下：

❶ /l̩/有聲子音（類似/əl/的發音）

MP3-087

條件：輕音節的①le尾②al尾③el④il⑤ol

①le尾：/l̩/

able 能夠	bottle 瓶子	bubble 氣泡	candle 蠟燭
castle 城堡	title 標題	example 例子	handle 處理
goggle 瞪眼	maple 楓樹	uncle 叔伯	noodle 麵條
possible 可能的	saddle 馬鞍	table 桌子	vehicle 車輛
incredible 不可思議	ankle 踝關節	cable 電纜	needle 針
eagle 鷹	settle 解決	terrible 可怕的	gamble 賭博

②al尾：/l/

accidental	capital	classical	crystal
意外的	大寫	古典的	水晶

marginal	hospital	mental	local
邊緣的	醫院	精神的	當地的

national	rival	fatal	principal
國家的	競爭者	致命的	主要的

traditional	metal	normal	additional
傳統的	金屬	正常的	追加的

③el：/l/

cancel	novel	shovel	counselor
取消	小說	鏟子	顧問

camel	tunnel	travel	level
駱駝	隧道	旅遊	水準

④il：/l/

evil	civil	hostile	stabilize
邪惡的	市民的	敵對的	使安定

assimilate
同化

⑤ol：/l/

symbol	monopoly
符號	獨占

02 /m̩/有聲子音（類似/əm/的發音）

條件：輕音節的sm

criticism	enthusiasm	optimism	racism
批判	熱情	樂天主義	種族主義

realism	sexism	journalism	feminism
寫實主義	男性至上主義	新聞學	女權主義

03 /n̩/有聲子音（類似/ən/的發音）

條件：輕音節的①an②en③in④on

①an：/n̩/

guidance	thousand	important	consultant
指導	千	重要的	顧問

accountant	discordant
會計師	不一致的

②en：/n̩/

beaten	chicken	garden	golden
被打敗的	雞	花園	金色的

kitten	listen	fasten	worsen
小貓	傾聽	拴緊	使更壞

mitten	sudden	written	widen
拳擊手套	突然	寫成書面的	拓寬

decent	patent	strident	flatten
有禮的	專利	刺耳的	使變平

absent 缺席的	**wooden** 木製的	**often** 常常	**student** 學生
broaden 拓寬	**frighten** 使害怕	**tighten** 拉緊	

③in：/ŋ/

basin 水盆	**cousin** 表兄妹	**mutineer** 反叛者	**mountain** 山
curtain 窗簾	**certain** 特定的	**pertinent** 中肯的	**retinue** 隨從
coordinate 同等的	**medicine** 藥品		

④on：/ŋ/

mason 泥水匠	**prison** 監牢	**reason** 理由	**season** 季節
cotton 棉花	**button** 鈕子	**unison** 調和一致	**lesson** 課程；教訓

1.<u>ch</u>ampion   2.ma<u>j</u>or   3.shou<u>l</u>d   4.nood<u>le</u>

5.tha<u>n</u>k   6.consult<u>ant</u>   7.ha<u>l</u>f   8.stoma<u>ch</u>

9.<u>g</u>ender   10.ta<u>l</u>k   11.capi<u>t</u>al   12.fast<u>en</u>

13.<u>ch</u>aos   14.<u>g</u>iant   15.sa<u>l</u>mon   16.tunn<u>el</u>

17.<u>y</u>ellow   18.<u>w</u>rap   19.cous<u>in</u>   20.optimi<u>s</u>m

21.civi<u>l</u>   22.less<u>on</u>   23.<u>ch</u>orus   24.sprin<u>g</u>

25.ges<u>t</u>ure   26.<u>w</u>rinkle   27.<u>g</u>ym   28.<u>ch</u>ef

29.s<u>w</u>ord   30.symb<u>ol</u>

1.<u>ch</u>ampion
/tʃ/

2.ma<u>j</u>or
/dʒ/

3.shou<u>l</u>d
x

4.nood<u>le</u>
/l̩/

5.tha<u>n</u>k
/ŋ/

6.consul<u>tant</u>
/n̩/

7.ha<u>l</u>f
x

8.stoma<u>ch</u>
/k/

9.<u>g</u>ender
/dʒ/

10.ta<u>l</u>k
x

11.capi<u>tal</u>
/l̩/

12.fas<u>ten</u>
/n̩/

13.<u>ch</u>aos
/k/

14.<u>g</u>iant
/dʒ/

15.sa<u>l</u>mon
x

16.tunn<u>el</u>
/l̩/

17.<u>y</u>ellow
/j/

18.<u>w</u>rap
x

19.cous<u>in</u>
/n̩/

20.optimi<u>sm</u>
/m̩/

21.civi<u>l</u>
/l̩/

22.les<u>son</u>
/n̩/

23.<u>ch</u>orus
/k/

24.spri<u>ng</u>
/ŋ/

25.ges<u>tu</u>re
/tʃ/

26.<u>w</u>rinkle
x

27.<u>g</u>ym
/dʒ/

28.<u>ch</u>ef
/ʃ/

29.s<u>w</u>ord
x

30.symb<u>ol</u>
/l̩/

④ 子音的發音彙整

〈表一〉字尾的 s、es、se 的發音

字尾	條件	音標	範例字
s尾	無聲子音＋s尾	/s/	ants 螞蟻 maps 地圖 shops 商店
	「母音、有聲子音」＋s尾	/z/	was 是 jeans 牛仔褲 kids 小孩子
es尾	字尾若為 o、s、x、z、ch、sh，則名詞複數或主詞第三人稱單數時的動詞要加es	/z/	potatoes 洋芋 buses 巴士 boxes 箱子 quizzes 質問 catches 趕上 washes 清洗

字尾	條件	音標	範例字
se尾	「e、i、o、u」字母＋se尾	/z/	cheese 乳酪 fuse 保險絲 rose 玫瑰 wise 聰明的 nose 鼻子 pause 暫停
	非「e、i、o、u」的字母＋se尾	/s/	base 基地 case 盒子 else 其它的 false 錯的 nurse 護理師 horse 馬匹

〈表二〉 ed尾的發音

條件	音標	範例字
無聲子音＋ed尾	/t/	hoped 希望 danced 跳舞
「母音、有聲子音」＋ed尾	/d/	played 彈奏 opened 打開
ded尾、ted尾	/ɪd/	needed 需要 wanted 想要

〈表三〉

・g的轉音

	自然發音	ge、gi、gy轉音成/dʒ/		
字母	g	ge	gi	gy
音標	/g/	/dʒ/	/dʒ/	/dʒ/
範例字	good 好的	gene 基因	giant 巨人	gym 健身房

・c的轉音（1）

	自然發音	ce、ci、cy（＋子音）轉音成/s/		
字母	c	ce	ci	cy
音標	/k/	/s/	/s/	/s/
範例字	cup 杯子	cell 細胞	city 城市	cycle 週期

・c的轉音（2）

	自然發音	ce、ci＋母音轉音成/ʃ/	
字母	c	ce	ci
音標	/k/	/ʃ/	/ʃ/
範例字	cat 貓	ocean 海洋	social 社交的

〈表四〉不發音的特定字母（畫底線的字母不發音）

條件	範例字	
k̲n首	k̲now 知道 k̲nife 刀子	k̲nock 敲
w̲r首	w̲rite 寫 w̲rap 打包	w̲rong 錯的
exh̲首	exh̲aust 倒空	exh̲ibit 展示
rh̲首、kh̲首	rh̲ythm 節奏	kh̲aki 卡其布
p̲n首、p̲s首、p̲t首	p̲neumonia 肺炎 p̲tarmigan 岩雷鳥	p̲seudo 假的
mb̲尾	bomb̲ 炸彈 lamb̲ 小羔羊	comb̲ 刷子
b̲t尾	deb̲t 貸款	doub̲t 疑慮
mn̲尾	autumn̲ 秋天	column̲ 專欄
gh̲t	boug̲h̲t 買 mig̲h̲t 可能	lig̲h̲t 光線
oul̲d尾	coul̲d 可以 woul̲d 將要	shoul̲d 應該
t̲en尾、t̲on尾、t̲le尾	list̲en 傾聽 cast̲le 城堡	butt̲on 鈕扣
g̲n	sig̲n 簽名 g̲nash 咬牙切齒	desig̲n 設計
al̲f、al̲k、al̲m	hal̲f 一半 al̲mond 杏仁	tal̲k 說話
is̲l	is̲le 小島 ais̲le 走道	is̲land 海島

課堂上沒教的
發音技巧

1 削音

2 轉音

3 連音

① 削音

　　同學常有一個疑問：「為何台灣同學彼此用英語交談尚且可以溝通，但與英美人士溝通時卻常常不知所云？」答案就是，英語為母語者，說話時常有削音、轉音及連音等習慣，而我們卻沒有。只要熟記以下這些發音小技巧，英語的聽、說、讀、寫能力必然大大提升。

　　記得以前曾經教過德國航空機師中文，下課時我對他們說：「今天就醬了！」有人便問我：「『就醬』是幾個字？」我說：「『就這樣子了』五個字。」這時他們恍然大悟，原來中文也有削音、轉音和連音。現在就先來學削音。

　　削音就是嘴型要到位但聲音卻含在嘴裡，甚至不發出聲音。
　　削音有兩種情況，一是「削去」，二是「削弱」。削去有①前後兩字間的削去、②同一字內的削去；而削弱則有①單字字尾的削弱、②單字字中的削弱。

01 削去

①前後兩字間的削去：

　　若前字字尾與後字字首是相同的子音時，則前字尾應「削去」只唸出後字字首一個子音。例如bus stop前字bus的s尾應削去，千萬別把s唸兩次。

牛刀小試 請在應削去的字母上畫刪除線，並試著唸唸看吧！

1. red door

2. big gun

3. gas stop

4. cab boy

5. park car

6. big game

7. black car

8. car river

9. dead dog

10. team member

11. both thumbs

12. get together

13. ask question

14. Have a good day.

15. nice shot

16. wild dog

1.red door 紅色的門

2.big gun 大槍

3.gas stop 加油站

4.cab boy 計程車司機

5.park car 停車

6.big game 大局

7.black car 黑色的車

8.car river 車河

9.dead dog 死狗

10.team member 隊友

11.both thumbs 雙拇指

12.get together 在一起

13.ask questions 問問題

14.Have a good day.
祝你有美好的一天。

15.nice shot 投得好

16.wild dog 野狗

②同一字內的削去：

同一字內出現重複相連的子音時，削去前面的子音，只唸後面的子音。例如happy有二個重複相連的子音p，這時應削去第一個p，只唸後一個p。

牛刀小試 請在應削去的字母上畫刪除線，並試著唸唸看吧！

1.apply

2.admission

3.balloon

4.comment

5.addition

6.accompany

7.billion

8.classify

9.oppose

10.possible

11.supper

12.correct

13.opposite

14.possess

15.supply

16.suggest

1.apply 運用

2.admission 准予入場

3.balloon 氣球

4.comment 評論

5.addition 附加物

6.accompany 陪伴

7.billion 十億

8.classify 分類

9.oppose 對抗

10.possible 可能的

11.supper 晚飯

12.correct 正確的

13.opposite 相反的

14.possess 持有

15.supply 供給

16.suggest 建議

⓿② 削弱

①單字字尾的削弱：

　　字尾若是p、b、t、d、k、g這六個破裂音之一，則該破裂音應「削弱」至幾乎聽不到聲音。例如good night兩字尾為破裂音d與t，則應削弱。

牛刀小試 I 　　　　請在應削弱的字母底下畫叉，並試著唸唸看吧！

1.good shot

2.hip pop

3.wild life

4.look down

5.instant noodles

6.Just do it.

7.Let it go.

8.Internet

9.assistant

10.student

11.accident

12.pleasant

13.lock

14.dog

15.leg

16.lift

17.limit

18.effort

19.blanket

20.carrot

21.respect

22.doubt

23.toilet

24.aloud

25.beyond

26.drop

1.good shot 命中
　　X　　X

2.hip pop 嘻哈流行音樂
　　X　　X

3.wild life 野生動物
　　X

4.look down 瞧不起
　　X

5.instant noodles 泡麵
　　X

6.Just do it. 做了就是
　　X　　X

7.Let it go. 放手
　　X X

8.Internet 網際網路
　　X

9.assistant 助理
　　X

10.student 學生
　　X

11.accident 意外
　　X

12.pleasant 快樂的
　　X

13.lock 鎖起來
　　X

14.dog 狗
　　X

15.leg 腳
　　X

16.lift 提升
　　X

17.limit 限制
　　X

18.effort 努力
　　X

19.blanket 毛毯
　　X

20.carrot 紅蘿蔔
　　X

21.respect 尊敬
　　X

22.doubt 疑慮
　　X

23.toilet 馬桶
　　X

24.aloud 大聲
　　X

25.beyond 超越
　　X

26.drop 掉落
　　X

1.lamp

2.speed

3.develop

4.tip

5.avoid

6.succeed

7.method

8.cold

9.diamond

10.frog

11.fog

12.jet lag

13.subject

14.second

15.park

16.basic

17.public

18.comic

19.picnic

20.topic

21.climb

22.bomb

23.thumb

24.mechanic

25.book

26.part

1.lamp 電燈
X

2.speed 速度
X

3.develop 發展
X

4.tip 小費
X

5.avoid 避免
X

6.succeed 成功
X

7.method 方法
X

8.cold 冷的
X

9.diamond 鑽石
X

10.frog 青蛙
X

11.fog 霧
X

12.jet lag 時差
X　X

13.subject 主題
X

14.second 第二
X

15.park 公園
X

16.basic 基本的
X

17.public 大眾的
X

18.comic 好笑的
X

19.picnic 野餐
X

20.topic 主題
X

21.climb 攀登
X

22.bomb 炸彈
X

23.thumb 大拇指
X

24.mechanic 汽車工
X

25.book 書本
X

26.part 部分
X

②單字字中的削弱：

有些字破裂音並不在字尾而在字中，這些字可能是複合字（由兩個字合成另一個字），也可能只是在字尾加上代表詞性的字。這些不在字尾而在字中的破裂音仍應「削弱」，因為這些字在未合成複合字或未加上字尾前，原本就是破裂音的字尾。例如複合字midnight中的mid也是一個單字且有破裂音的d尾，故d應削弱。
　　x

 牛刀小試　　　　請在應削弱的字母底下畫叉，並試著唸唸看吧！

1.apartment　　　　　　2.treatment

3.batman　　　　　　　4.postpone

5.rightful　　　　　　　6.outside

7.midterm　　　　　　　8.notebook

9.sadness　　　　　　　10.landmark

11.hopefully　　　　　　12.Broadway

13.subway　　　　　　　14.sickness

15.checkbook　　　　　　16.pickpocket

1.apartment 公寓
　　x　　x

2.treatment 治療
　　x　　x

3.batman 蝙蝠俠
　　x

4.postpone 延後
　　x

5.rightful 正直的、正統的
　　x

6.outside 外面
　　x　x

7.midterm 期中考
　　x

8.notebook　筆記本
　　x　　x

9.sadness 悲傷
　　x

10.landmark 地標
　　x　　x

11.hopefully 幸好地
　　x

12.Broadway　紐約百老匯
　　x

13.subway 地下道、地下鐵
　　x

14.sickness 生病
　　x

15.checkbook 支票本
　　x　　x

16.pickpocket 扒手
　　x　　x

2 轉音

　　有幾個特定的子音，若前後排在一起，就會轉變成與原來不同的發音。轉音有兩種情況，一是同一字中的轉音，一是前後兩字間的轉音。

⑴ 同一字中的轉音
MP3-100

　　在一個單字中，若s、x後面跟著p、k、t三個無聲破裂音的任一個，原本無聲的破裂音p、k、t就會分別轉音成有聲的破裂音b、g、d。字典裡標示的音標雖然還是原來的無聲破裂音，我們要自己轉成有聲破裂音來唸。

　　如下表：

字母	＋無聲	→有聲
	＋/p/	→/b/
s、x	＋/k/	→/g/
	＋/t/	→/d/

　　共有六種情況，分述如下：

①s＋/p/→/b/

space	spade	sparkle	speak
空間	鏟子	火花	說話

speech	spell	speed	spend
演說	拼字	速度	花費

special	spider	spicy	spill
特別的	蜘蛛	辣的	滿出來

spine	split	splash	sport
脊椎	分割	飛濺	運動

spot	spoil	spoon	sponsor
汙漬	寵壞	湯匙	贊助者

②x＋/p/→/b/

expect	expel	expert	expensive
期望	逐出	專家	昂貴的

experience	explain	explode	explore
經驗	解釋	爆發	探勘

expire	express	expend	export
到期	快遞	花費	出口

③s＋/k/→/g/

scare	scarf	scandal	scoop
嚇跑	圍巾	醜聞	大匙

square	squash	squeeze	squid
正方形	壓扁	壓榨	烏賊

screw	sky	ski	school
螺絲釘	天空	滑雪	學校

score	scooter	scout	scale
分數	摩托車	偵察員	磅秤

④x＋/k/→/g/

excavate	exclude	exclaim	exclusive
開挖	排除	呼喊	獨家的

excretion	excursion	excuse	excruciate
排泄物	旅行	原諒	拷問

⑤s＋/t/→/d/

star	state	stamp	stand
星星	狀態	郵票	站立

stable	staple	stack	staff
安定的	訂書針	堆積	職員

stage	steak	store	study
講台	牛排	店家	閱讀

⑥x＋/t/→/d/

extension	extinguish	extra	extractor
延長	熄滅	額外的	分離器

extreme	extrovert	external	extinction
極端的	外向的人	外部的	廢除

02 前後兩字間的轉音　　

　　若前面單字的字尾是s、z、t、d中任一個子音，而緊跟在後的另一個字的字首是y，則前字尾的發音/s/、/z/、/t/、/d/與y字首的發音/j/會連在一起，並分別轉音唸成/ʃ/、/ʒ/、/tʃ/、/dʒ/。

　　如下表：

字尾s、z、t、d	＋字首y	→轉音
～/s/		→/ʃ/
～/z/	＋/j/	→/ʒ/
～/t/		→/tʃ/
～/d/		→/dʒ/

共有四種情況，分述如下：

①/s/＋/j/→/ʃ/

I miss you. 我想念你。
　　 /ʃ/

He makes you cry. 他害你哭。
　　　 /ʃ/

Kiss your dad. 親一下你父親。
　 /ʃ/

She lets you down. 她令你失望。
　　 /ʃ/

②/z/＋/j/→/ʒ/

How's your wife? 你太太好嗎？
　 /ʒ/

I'll do as you say. 我會照你說的去做。
　　 /ʒ/

Raise your hand. 舉起你的手。
　 /ʒ/

What's your name? 你叫什麼名字？
　　 /ʒ/

③ /t/ + /j/ → /tʃ/

Let you go. 讓你走。

/tʃ/

Nice to meet you. 真高興認識你。

/tʃ/

Can't you see? 難道你看不出來嗎？

/tʃ/

Won't you come? 你不來嗎？

/tʃ/

I hate you. 我恨你。

/tʃ/

Put your hands up. 舉手向上

/tʃ/

④ /d/ + /j/ → /dʒ/

Did you go with Anna? 你跟Anna一起走嗎？

/dʒ/

I need your help. 我需要你的協助。

/dʒ/

Would you mind? 你介意嗎？

/dʒ/

I just called you. 我剛剛才叫你。

/dʒ/

Hold your breath. 憋氣。

/dʒ/

I told you already. 我已經告訴過你。

/dʒ/

③ 連音

　　當句子中前後兩字有「前子＋後母」的情況時，就會產生連音。「前子」就是「前字字尾是子音」，而「後母」就是「後字字首是母音」，這時「前子」就會跑去和「後母」連起來唸。

　　例如：

first　of　all → firs to fall 首先
　　子＋母，子＋母　　　　　　子音t＋母音o，子音f＋母音a一起唸。

Thumbs　up! → Thumb sup! 太棒了！
　　　子＋母　　　　　　　子音s＋母音u一起唸。

as　a　matter　of　fact → a sa matter of fact 事實上
　子＋母　　　　　　　　　　子音s＋母音a一起唸。

year　in　and　year　out → yea ri nand yea rout
　子＋母，子＋母　　　子＋母　　　子音r＋母音i，子音n＋母音a，子音r＋母音o一起唸。

一年又一年地過了。

Let's call　it　a　day. → Let's ca lli ta day. 今天到此為止。
　　　子＋母，子＋母　　　　子音l＋母音i，子音t＋母音a一起唸。

1.fall in love

2.look over

3.made of wood

4.press on it

5.come on in

6.fill out or fill in

7.watch out

8.wake up

9.bus is coming

10.good for us

11.fix it up

12.pop it out

13.take off

14.keep on eating

15.age of eight

16.knock it off

17.turn it on

18.turn it off

1.fall in love → fa llin love
談戀愛

2.look over → loo kover
檢查一遍

3.made of wood → ma deof wood
木材做的

4.press on it → pre sso nit
推擠

5.come on in → co meo nin
進來吧

6.fill out or fill in → fi llou tor fi llin
填寫

7.watch out → wat chout
小心

8.wake up → wa keup
醒過來

9.bus is coming → bu sis coming
巴士來了

10.good for us → good fo rus
這對我們是好的

11.fix it up → fi xi tup
把它修好

12.pop it out → po pi tout
突然跳出

13.take off → ta keoff
起飛

14.keep on eating → kee po neating
繼續吃

15.age of eight → a geo feight
八歲

16.knock it off → kno ki toff
閉嘴

17.turn i t on → tur ni ton
打開（水、電、瓦斯類）

18.turn i t off → tur ni toff
關閉（水、電、瓦斯類）

牛刀小試 II 請在應連音的字母下方畫底線，並試著唸唸看吧！

1.clean up

2.stand up

3.not at all

4.jump on it

5.look it up

6.shut up

7.Life is all about.

8.on and on

9.sign up

10.get up

11.big apple

12.face off

13.time out

14.push it

15.What's up?

16.How's it going?

17.lean on the door

18.Hold on, please.

1.clean up → clea nup
收拾乾淨

2.stand up → stan dup
站起來

3.not at all → no ta tall
一點也不

4.jump on it → jum po nit
猛撲

5.look it up → loo ki tup
查一下

6.shut up → shu tup
閉嘴

7.Life is all about.
→ Li fei sal labout.
這就是人生。

8.on and on → o nan don
繼續不斷地

9.sign up → sig nup
報名參加

10.get up → ge tup
起床

11.big apple → bi gapple
大蘋果

12.face off → fa ceoff
攤牌

13.time out → ti meout
暫停

14.push it → pu shit
推擠

15.What's up? → What' sup?
你好嗎?

16.How's it going?
→ How' sit going?
近況如何?

17.lean on the door
→ lea non the door
靠在門上

18.Hold on, please.
→ Hol don, please.
請勿掛電話。

另外，以下幾個是既轉音又連音的生活口語，練熟它們就更能聽懂老外的英文：

1.want to → wanna

　　I <u>want to</u> go. → I <u>wanna</u> go. 我要去。

2.got to → gotta

　　I've <u>got to</u> go. → I've <u>gotta</u> go. 我一定得走。

3.need to → needta

　　I <u>need to</u> go. → I <u>needta</u> go. 我需要走了。

4.have to → hafta

　　I <u>have to</u> go. → I <u>hafta</u> go. 我一定要走。

5.out of → outta

　　Get <u>out of</u> here. → Get <u>outta</u> here. 出去。

6.going to → gonna

　　I'm <u>going to</u> cry. → I'm <u>gonna</u> cry. 我快要哭了。

國家圖書館出版品預行編目資料

奇蹟英語‧魔法發音　全新修訂版 / 宗霖（林水泳）著
-- 修訂初版 -- 臺北市：瑞蘭國際，2019.02
192面；17×23公分 --（繽紛外語系列；84）
ISBN：978-957-8431-88-1（平裝附光碟片）
1.英語 2.發音 3.音標
805.141　　　　　　　　　　　　　　108000421

繽紛外語系列 84

書名│奇蹟英語‧魔法發音　全新修訂版
作者│宗霖（林水泳）
責任編輯│鄧元婷、王愿琦
校對│宗霖（林水泳）、鄧元婷、王愿琦

英語錄音│宗霖（林水泳）
錄音室│采漾錄音製作有限公司
封面設計│卓鴻志
版型設計、內文排版│余佳憓、陳如琪

董事長│張暖彗
社長兼總編輯│王愿琦
編輯部
副總編輯│葉仲芸‧副主編│潘治婷‧文字編輯│林珊玉、鄧元婷
特約文字編輯│楊嘉怡‧設計部主任│余佳憓‧美術編輯│陳如琪
業務部
副理│楊米琪‧組長│林湲洵‧專員│張毓庭

法律顧問│海灣國際法律事務所　呂錦峯律師

出版社│瑞蘭國際有限公司‧地址│台北市大安區安和路一段104號7樓之1
電話│(02)2700-4625‧傳真│(02)2700-4622‧訂購專線│(02)2700-4625
劃撥帳號│19914152 瑞蘭國際有限公司‧瑞蘭國際網路書城│www.genki-japan.com.tw

總經銷│聯合發行股份有限公司‧電話│(02)2917-8022、2917-8042
傳真│(02)2915-6275、2915-7212‧印刷│科億印刷股份有限公司
出版日期│2019年02月初版1刷‧定價│350元‧ISBN│978-957-8431-88-1

瑞蘭國際